www.tredition.de

AF196319

Nadine Rubinstein

Teenie mit 42

Die Lüge liegt in der Wahrheit.

www.tredition.de

© 2020 Nadine Rubinstein

Verlag und Druck:
tredition GmbH, Halenreie 40-44, 22359 Hamburg

ISBN
Paperback: 978-3-347-11324-4
Hardcover: 978-3-347-11325-1
e-Book: 978-3-347-11326-8

Drei sind einer zu viel

Strahlend blau und fröhlich. Mehr konnte ich zwischen den vielen Köpfen und Körpern nicht entdecken. Unauffällig versuchte ich Blickkontakt aufzunehmen. Und dann stand er auf, damit ich ihn besser sehen konnte und er vermutlich mich. Groß, dunkelhaarig, breite Schultern, strahlend weiße Zähne und diese absolut genialen blauen Augen. Strahlend blaue Augen, indem so manche Frau gerne versinken würde. Und er strahlte zu mir herüber.

„Was möchtest du trinken?", fragte mich Marie angeheitert und riss mich aus meinem Flirt. „Und wo starrst du denn die ganze Zeit hin?"

„Ach, ich habe noch nie so schöne Augen gesehen."

„Wo?", wollte Marie wissen und drehte sich suchend um.

Dieser gutaussehende Typ ging auf die Tanzfläche und wer folgte ihm? Eine Frau. Klein, dunkelhaarig und staksig auf ihren hohen Stiefeln.

„Der hat ja schon eine Frau dabei.", meinte Marie trocken.

„Hm, scheint so. Trotzdem hat er schöne Augen.", grinste ich. „Komm wir gönnen uns so einen Cocktail." Ich deutete auf das bunte Glas, das der Kellner hinter uns durch die Menge tanzender Gäste jonglierte.

Wir starrten beide in die Karte und wussten nicht, was wir nehmen sollten.

„Was darf es sein, die Damen?", fragte uns der Kellner schließlich.

„Hm, keine Ahnung. Was kannst du uns empfehlen?", fragte ich und grinste ihn an. Er schaute anfangs sehr streng und verzog keine Miene. Auf mein Grinsen hin lächelte er verhalten zurück und musterte mich.

„Den hier könnt ihr zuerst trinken." Er stellte uns zwei Schnäpse hin.

„Ich geh mal davon aus, dass der aufs Haus geht," erwiderte ich frech.

„Ja. Typisch Schwaben!", raunzte er zurück.

„Also mit meinem Haushaltsgeld muss ich gut wirtschaften. Muss zuhause jeden Beleg vorlegen und Rechenschaft über meine Ausgaben ablegen", sagte ich cool.

Dich würde ich schon noch aus der Reserve locken, dachte ich bei mir.

„Also bei mir ist das nicht so und der schmeckt echt lecker.", mischte sich Marie in unseren Schlagabtausch ein.

Der Kellner schielte mich frech von der Seite an. Sein Teint war ungewöhnlich dunkel. Er gefiel mir nicht besonders, aber mir machte es Spaß, ihn herauszufordern.

„Dann zaubere uns doch bitte zwei fruchtige Cocktails.", bat ich ihn.

Er nickte und machte sich an die Arbeit. Der Schnaps stieg mir schon in den Kopf. Zum kargen Abendessen hatte ich schon einen Martini auf Maries Anraten getrunken.

Die anderen Mädels aus unserer Truppe unterhielten sich aufgeregt. Es hörte sich fast schon wie ein Hühnerhaufen an. Ich sah mich um. Die Bar in dem Hotel, wo wir unser Mädelswochenende mit insgesamt 16 Frauen verbrachten, war ziemlich voll. Hotelgäste mittleren Alters standen herum oder tanzten.

„Echt nett hier. Und wo ist dein Schönling?", fragte Marie.

„Hm, da hinten mit seiner holden Maid.", ich deutete mit meinem Kinn Richtung Sofaecke.

Wahrscheinlich führte er auch so eine langweilige Ehe und suchte Abwechslung. Oder im Bett lief es nicht mehr gut und er suchte ein Abenteuer. Und Schwups waren meine Gedanken wieder bei Mike. Ich hatte ihn immer noch nicht vergessen. Zugegeben, ich wollte ihn nicht vergessen. Ich suhlte mich wie ein Warzenschwein im Dreck in meinem Schmerz. Auch, wenn ich es nicht wollte, dachte ich fast täglich an ihn. Ob er mich auch so vermisste? Hatte sich die Situation mit seiner Frau verbessert? Bereute er es mit uns? Hatte er mich völlig aus seinem Leben verdrängt? Ein Stechen machte sich in meinem Herzen breit. Der Schmerz saß tief. Ich glaube, man nennt so was LIEBESKUMMER hoch 3!!!

Der Kellner riss mich aus meinem Gedankenchaos und stellte uns die Cocktails vor die Nase. Ich staunte nicht schlecht über sein Meisterwerk. Ein großes längliches Glas mit Früchten dekoriert, so dass man beinahe den Rand des Glases nicht mehr sehen konnte. Der Inhalt war gelb orange rot ineinander vermischt. Wie in einem Aquarellbild verschwommen die Farben miteinander.

„Sehr schön. Danke!", ich nahm mein Glas in die Hand. Ganz beiläufig berührten sich unsere Hände. Ich schaute hoch und meine und die Augen des Kellners trafen sich. Er hatte sehr dunkle Augen, fast schwarz. Sein Haar war kurz rasiert und genauso schwarz. Das Hemd leicht geöffnet und oberhalb der Hose machte sich eine große Beule Namens Bauch bemerkbar. Ich guckte wieder meinen Cocktail an, damit er nicht merkte, wie abstoßend ich das fand. Das geht mal gar nicht. Mann mit Bauch. Niemals.

„Prost!", machte Marie und verschwand beim Trinken beinahe hinter dem riesigen Glas.

„Prost Marie, das Glas ist ja fast größer als du!", sagte ich frech.

„Haha, aber wenn ich das getrunken habe, bin ich voll. Das ist ja ein halber Liter. Und fast nur Alkohol mit bisschen Farbe.", empörte sie sich.

„Ja, der haut so eine halbe Portion wie dich um. Ich lass dich dann von dem netten Kellner abschleppen bzw. heimtragen.", entgegnete ich frech. Ich liebte es, frech zu sein. Tja, das musste man mit mir aushalten. Brav kann Jeder.

„Ach Nadine, ich glaub, der hat nur Augen für dich.", säuselte sie.

Ich nahm mehrere kräftige Schlücke und grinste in mich hinein. Die Zweimannband legte sich richtig ins Zeug und die Musik wurde besser.

„Komm wir tanzen!", sagte ich zu Marie und riss sie vom Hocker.

Wir tanzten mit unseren anderen Mädels und hatten sichtlich Spaß.

Der Schönling mit den blauen Augen tanzte ganz in meiner Nähe und schlich sich immer näher an mich ran. Er gefiel mir und sein Lächeln war so freundlich echt. Wenigstens war ich in diesem Moment abgelenkt und Lebensfreude stieg in mir hoch. Wenn auch nur vom Alkohol angeregt, aber sie kam zurück.

„Hi, hast du Lust mit mir zu tanzen?", fragte er.

Ich sah ihn an und bewegte mich schwungvoll weiter.

„Ich glaube, das ist keine gute Idee. Erstens kann ich keinen Standardtanz und würde dir nur auf die Füße treten und zweitens würde mir deine Frau wahrscheinlich die Augen auskratzen.", sagte ich grinsend und deutete auf das fauchende Weib ein paar Meter hinter uns auf dem Barhocker.

„Oh ja, das sieht fast so aus. Meine Freundin ist glaub ein wenig eifersüchtig.", erwiderte er erschrocken. „Und übrigens, du hast so schöne Augen. Das muss ich dir einfach sagen."

„Das ist ja witzig, das wollte ich gerade auch zu dir sagen. Ich mach selten Männern Komplimente, aber bei dir muss ich das loswerden. Echt toll.", strahlte ich ihn an.

„Echt jetzt? Dann haben wir was gemeinsam. Wo kommst denn her?", fragte er mich.

Wir redeten zwischen wild tanzenden Menschen und waren sofort auf gleicher Wellenlänge. Manchmal traf man Menschen, mit denen man sich sofort gut verstand und stundenlang reden konnte, als ob man sich schon ewig kannte. So einer war Robert. Er war super-sympathisch und wir verstanden uns super. Ich gefiel ihm, das merkte ich, aber ich merkte die Pfeile seiner Freundin in meinem Rücken.

„Hey, du wirst gleich umgebracht.", sagte eine Frau auf der Tanzfläche zu mir. Sie war mir vorher schon aufgefallen. Lebendig, blond, hübsch, mit sauber geglätteten Haaren und einem T-Shirt mit Glitzerdino. Mit ihrem Blick deutete sie auf die wild schnaubende Freundin, die sich nur noch mit letzter Geduld auf ihrem Hocker festhalten konnte. Sie sah wie ein wildgewordenes Tier aus, das an einer Kette festgekettet war und dagegen ankämpfte. Wehe, wenn dieses Tier losgelassen würde.......

Sie tat mir leid. Wie konnte man so eifersüchtig sein? Aber eifersüchtige Frauen gab es allzu oft, wie ich ja schon erfahren hatte. Naja.

„Oh ja, ich kann schon die Pfeile spüren.", sagte ich zu ihr. Später stellte sich heraus, dass sie Alexandra hieß und auch hier war, um ihren Spaß ohne Ehegatten zu haben.

„Er steht wohl eher auf blond.", sagte sie trocken zu mir.

„Tja, kann man ihm nicht verdenken. Blonde Frauen sind einfach die schöneren Frauen.", erwiderte ich und grinste. Sie nickte und wir tanzten zusammen weiter. Robert hatte sich inzwischen wieder Richtung Bestie gemacht und beruhigte sie.

Wie doof Männer sind, dachte ich mir.

Ein frecher Franzose gesellte sich abwechselnd zu uns und zu den anderen Mädels, quatschte freundlich und trank eindeutig zu viel. Er war mit einer Sportgruppe und den jeweiligen Ehepartnern hier im Hotel Pfau im schönen Schwarzwald. Jedes Jahr zur gleichen Zeit zum Wandern und fröhlich sein. Es war sehr amüsant, ihm zuzuhören. Aus dem Augenwinkel bemerkte ich, dass Robert zur Toilette eine Etage tiefer ging. Das war die Chance, nochmal mit ihm alleine zu sprechen. Mittlerweile stieg mir der Alkohol zunehmend in den Kopf. Ich hatte mal wieder zu viel getrunken und zu wenig gegessen. Nach ein paar Minuten machte ich mich auf Richtung Toilette. Hierzu musste ich eine Treppe nach unten gehen. Auf dem Treppenabsatz war rechts neben der Wand ein Spruch abgebildet. Ich versuchte, ihn zu lesen, da ich ja Sprüche liebte, aber konnte ihn leider nicht lesen. Plötzlich stand Robert vor mir und schaute mir tief in die Augen.

„Na, schöne Frau, kann ich dir helfen?", und lächelte mit Mund und Augen. Was für ein schöner Mann.

„Hm, vielleicht. Ich versuche, den Spruch zu lesen. Aber ich glaube, ich habe schon zu viel getrunken.", antwortete ich und schaute zurück. Unsere Blicke trafen sich und unsere blauen Augen versanken in denen des anderen. Robert konnte als erstes wieder was sagen.

„Manchmal hat man doch tolle Begegnungen. Schön, dich getroffen zu haben. Ich könnte dir noch länger in die Augen schauen. Aber ich sollte wieder zurück."

„Ja, das glaube ich auch. Sonst wird sie dich noch suchen."

„Sollen wir mal telefonieren?"

„Gerne. Wie sollen wir es machen? Magst mir deine Nummer geben oder ich dir meine?"

„Schreib mir am besten eine E-Mail. Ich heiße Robert Müller und wohne in Albstatt. Habe ein Fliesenfachgeschäft. Kannst dir das in deinem Zustand noch merken?"

„Ok, ich denke schon.", und verzog das Gesicht.

„Ich muss mal wieder hoch.", sagte er und griff meine Hand. Die Berührung war kurz, aber sehr intensiv. Seine Wärme floss durch meinen Körper und ich fühlte mich sehr wohl bei ihm. Seit langem hatte ich nicht mehr diese Wärme gespürt. Es war beinahe die gleiche Wärme, die ich bei Mike gespürt hatte, wenn er mich berührte. Ich ließ mich nicht gerne anfassen, aber das war echt schön. Ich torkelte zum Klo und stand vor dem Spiegel. Ich starrte hinein. Verschwommen nahm ich mein Gesicht wahr. Meine Augen strahlten seit langem wieder. Konnte Robert mich aus meiner tiefen Traurigkeit herausholen und mir helfen, Mike zu vergessen? Ich liebte Mike immer noch. Er war fest in meinem Herzen verankert und ich hatte das Gefühl, wenn ich ihn rausreißen würde, müsste ich mein Herz rausreißen. Ich kühlte meine Hände und meine Gedanken ab. So konnte es nicht weitergehen. Seit ich so gefühlvoll geworden bin, war ich so verletzlich. Ich war doch eine tolle Frau. Das bestätigte mir auch Robert. Also verdammt nochmal, warum ließ ich mich durch dieses Verhalten von

Mike so runterziehen?? Wenn er mich nicht wollte, dann war es einfach so. Andere würden mich wollen. Ich beschloss, ein neues Leben zu beginnen. Unabhängig von einem Mann. Basta.

Ich stolperte aus dem Klo und in die Arme des frechen Franzosen. Er nutzte die Gelegenheit und küsste mich. Ich bemerkte, dass ich mich gar nicht wehren konnte, da ich so durch den Alkohol benebelt war.

Ein Glück kam in diesem Moment Anke die Treppe runter und rief:

„Hey, Nadine, alles klar?", und grinste breit.

Der Franzose hob seinen Kopf und ich schob mich vorbei. Wie peinlich.

„Anke, sag, dass das jetzt nicht wahr ist!"

„Was? Dass du mit dem Franzosen geknutscht hast?" Sie lachte los.

„Reden wir lieber nicht davon.", schämte ich mich und torkelte die Treppe hoch. Meine Güte war ich betrunken. Und ich wurde das Zeug nicht mehr los. So wie den Franzosen.

Als ich wieder in die Bar kam, stolperte mir paar Minuten später der freche Franzose in die Arme und lallte mir irgendwas ins Ohr. Er versuchte mich erneut zu betatschen, aber Alexandra kam ihm zuvor und schubste ihn weg. Gleichzeitig gab sie mir einen Drink in die Hand und sagte:

„Auf uns schöne Frauen.", und prostete mir zu. Ich nahm das längliche Glas. Braunes Zeug mit einer kleinen brennenden Flamme.

„Auspusten vorher!", sagte der Kellner.

Gesagt, getan und mit einem kräftigen Schluck kippte ich mir das Zeug runter. Nie mehr im Leben würde ich B52 trinken. Nach wenigen Minuten drehte sich alles um mich herum. Ich hatte Mühe, mein Gleichgewicht zu halten und setzte mich erstmal.

„Alles in Ordnung?", fragte mich Marie.

„Nicht mehr, glaube ich, das ist ja ein Teufelszeug. Meine Güte, jetzt bin ich richtig voll.", lallte ich zurück.

Alexandra tanzte wie wild. Auch Marie schwebte förmlich über die Tanzfläche. Mir wurde schlecht und ich stolperte zu Marie.

„Ganz wichtig, bevor ich voll abstürze. Merk dir den Namen Robert Müller für mich. Dem muss ich Montag eine E-Mail schreiben."

„Alles klar!", sagte sie. Aber ich zweifelte in diesem Zustand an ihrer Zuverlässigkeit.

Ich beschloss, aufs Klo zu gehen, um zu spucken. Mir war so schlecht. Ich hatte Mühe, die Treppe hinunterzukommen. Vor meinem Lieblingsspiegel übergab ich mich erstmal im Waschbecken. Zum Klo schaffte ich es nicht mehr. Meine Güte, war mir übel. Nach ein paar Minuten ging es wieder. Als ich die Tür zum Flur aufmachte, stand der freche Franzose vor mir und wollte „Au Revoir" sagen. Er nahm mich in dem Arm und ob absichtlich oder unabsichtlich trafen sich unsere Lippen und er küsste mich heftig. Ich konnte mich gar nicht befreien, da ich Mühe hatte, nicht zu stürzen und von ihm konnte ich in seinem betrunkenen Zustand auch keine Hilfe erwarten. Zu guter Letzt hatte mich dann Alexandra befreit und dem frechen Franzosen unsanft zu verstehen gegeben, dass er die Finger von mir lassen sollte und seine Frau oben auf ihn wartete. Frauen halten eben zusammen!

Mit Anke aus unserem Team torkelten wir zu unserem Hotel. Ich konnte einigermaßen gehen, war aber kaum in der Lage zu reden. Mir war fürchterlich schlecht. Nach einer gefühlten Ewigkeit kam ich in meinem Zimmer an. Marie lag komatös in ihrem Bett. Ihre Kleider im ganzen Zimmer verteilt. Ich musste zweimal schauen, ob bei der Menge an Kleidern nicht noch jemand anderes im Bett lag. Was für ein Abend. Mein Leben war eine einzige Katastrophe. Robert Müller. Mit diesem Gedanken schlief ich ein.

Am nächsten Morgen erwachte ich nicht neben meinem Traumprinzen mit strahlend blauen Augen auf, sondern neben einer ziemlichen blauen und geräderten Marie. Die sah mal gar nicht gut aus. Kreidebleich und kotzübel. Ich musste schmunzeln.

„Und hast dir den Namen für mich gemerkt?", fragte ich sie.

„Welchen Namen?", kam nur zurück. „Mir ist so schlecht und mein Kopf tut weh."

„Ich glaub, ich muss mich übergeben.", stellte ich fest und rannte aufs Klo.

Nach mehrmaligem Übergeben ging es mir irgendwann besser. Was hatte ich da nur getrunken? Wenigstens hatte ich mir noch den Namen gemerkt von meinem Schönen mit den strahlend blauen Augen. Was mit uns wohl werden würde? Könnte ich mich jetzt auf einen anderen Mann einlassen, nachdem das mit Mike so im Gefühlschaos geendet hatte? Wollte ich Robert nur zur Ablenkung? Und schon waren meine Gedanken wieder bei Mike und es wurde ganz schwer und traurig in meinem tiefsten Inneren. Ich hatte gestern einen megacoolen Abend gehabt und trotzdem dachte ich wieder nur an Mike. Wann hörte das nur auf? Selbst wenn ich mich zwang, nicht an ihn zu denken, dachte ich an ihn.

„Und wie war dein Robert?", fragte mich Marie in einem Moment, wo ich gar nicht mit rechnete. Ging es ihr wieder besser?

„Ach, ist dir der Name wieder eingefallen? Nett wars. Ich werde ihm morgen eine E-Mail schreiben. Mal sehen, ob wir uns wieder treffen. Der hat so schöne blaue Augen."

„Na dann viel Erfolg. Bin gespannt.", entgegnete sie grinsend.

„Ach, aber ständig muss ich an Mike denken. Der hat es mir echt angetan.", schniefte ich übertrieben und setze mich seufzend aufs Bett. Wie schön wäre es, wenn er anstelle Marie neben mir sitzen würde.

„Abwarten, Nadine. Alles wird sich regeln. Manches Bedarf Zeit und Geduld. Ich weiß, beides hast du nicht.", sagte sie neunmal klug. Ich strafte sie mit einem meiner bösen Blicke. Bei Liebe hat man keine Geduld und Zeit auch nicht. Wenn ich wüsste, auf was ich warten sollte? Würde er je seine Frau verlassen? Da müsste schon viel passieren. Vielleicht würde sie ja ihn verlassen, weil sie einen anderen Typen kennengelernt hatte. Würde er dann mit mir zusammen sein wollen? Die Hoffnung stirbt bekanntlich nie.

Am Montagmorgen machte ich mich gleich ans E-Mail schreiben. Es war nicht schwer, Robert im Netz zu finden.

Hallo Robert, natürlich habe ich deinen Namen nicht vergessen und wie versprochen melde ich mich. Falls du noch weißt, wer ich bin, melde dich einfach. Hier meine Telefonnummer. 0178/ 5xxxxxx.

So, der Samen ist gesät, mal sehen, was dabei rauskommen würde. Den ganzen Tag über suchte ich in meinem Posteingang nach einer E-Mail von Robert. Ich war ziemlich nervös. Vielleicht hatte er mit seiner Freundin auch so Ärger bekommen, dass er sich nicht melden würde.

Am späten Nachmittag klingelte mein Handy. Wie immer stürmte ich hin. Mike!!!!

„Hi.", sagte er.

„Hi, Mike, grüß dich."

„Na, hast euer Wochenende gut überstanden?", wollte er wissen. Aha, er war neugierig, was ich gemacht hatte.

„Zu viel getrunken. Furchtbar übel ist mir noch. Sonst war es aber sehr lustig. Hatten unseren Spaß in einer Hotelbar.", gab ich an.

Der sollte nur merken, dass ich kein Kind von Traurigkeit war. Und schon lange nicht wegen einem Mann.

„So, mal wieder zu viel getrunken? Das kommt bei dir öfters vor. Hm?", sagte er trocken. Treffer versenkt. Ich glaube, er traute mir nicht ganz. Verständlich irgendwie. Ich traute mir auch oft nicht und verstehen konnte ich mich selber nicht mehr.

„Eigentlich nicht viel.", sagte ich unschuldig.

„Na komm, was hast alles getrunken?", wollte er wissen.

„Hm, also zum Abendessen einen Martini und einen Schnaps. In der Bar nochmal ein Schnaps und ein Cocktail. Später einen Wodka Lemon. Und dann so ein ekliges Zeug namens B52.", prahlte ich.

„Oh meine Güte. Da wäre mir auch schlecht. Und alles durcheinander. B52? Du spinnst. Das ist fürchterlich das Zeug. Trinke ich nicht mehr."

„Das hättest du mir früher sagen können. Mir war gestern fürchterlich schlecht und heute geht es mir nicht so gut.", jammerte ich.

„Tja und bist anständig geblieben?", bohrte er. Aha, das ist ihm wohl wichtig......

„Ich bin immer anständig.", bestätigte ich und grinste.

„Aha, das sehe ich aber anders.", entgegnete er mir mit ganz ruhiger Stimme.

Diese Stimmlage liebte ich so. Ruhig und tief. Ich merkte, dass sich in meinem Inneren wieder so einiges rührte. Scheiß Gefühle, dachte ich mir. Irgendwie kamen so viele Gefühle in mir hoch, dass ich am liebsten gesagt hätte: Mann Mike, ich liebe dich. Ganz arg. Aber das traute ich mich nicht. Ich wusste nicht, ob es richtig wäre es zu sagen oder sogar wichtig, dass er das wusste. Oder wusste er es letzten Endes schon? Manchmal dachte ich, dass er mit seinem tiefen Blick direkt in mich und meine verrückte Gefühlswelt sehen konnte.

„Vielleicht können wir mal einen Kaffee trinken," meinte Mike.

„Auf jeden Fall, sehr gerne!", stieß ich aus mir hinaus. Natürlich würde ich ihn liebend gerne wiedersehen.

„Oh, du freust dich ja richtig drauf.", meinte er und ich konnte förmlich sein Grinsen durchs Telefon sehen.

„Ja, weil ich dich gerne wiedersehen möchte. Ich vermisse dich irgendwie schon.", erwiderte ich.

„Gut, ich meld´ mich, wenn es mal passt. Okay?"

„Ja, mach das.", Ich überlegte schon, wann das wohl sein würde. Mensch, der war so vernünftig. Er kam damit echt besser klar, mich nicht mehr zu sehen.

„Ich vermisse dich!", sagte er.

Bitte was? Habe ich richtig gehört? MIKE VERMISST MICH? Was soll ich jetzt davon halten?

„Ich dich auch sehr. Ich leide echt.", erwiderte ich mit trockener Stimme.

„Meinst du, ich etwa nicht. Immer wieder sind diese Gefühle da. Ganz schlimm, wenn ich deine Stimme höre."

„Und warum triffst du dich dann nicht mit mir? Mike!"

„Hm, weil es nicht gut ist. Aber ich glaube, ich werde rückfällig."

Juhu, er wird rückfällig. Ich konnte mein Glück kaum fassen.

„Ja das hört sich doch mal gut an.", freute ich mich. Er lachte am anderen Ende der Leitung. Mal sehen, wann wir uns wieder treffen würden.

Hallo schöne Frau. Schön von dir zu lesen. Klar, weiß ich wer du bist :-)

Hallo Robert, da bin ich aber froh. Heute ist mir noch ziemlich übel vom Samstag.

Wieso? Zu viel getrunken, als ich weg war?

Ja, irgendwie schon. Das B52 hat mir den Rest gegeben.

Oh du Arme. Sollen wir mal telefonieren?

Warum nicht? Gerne. Habe Zeit.

Und schon klingelte das Telefon. Ich telefonierte mit dem schönen Mann, der so wunderschöne blaue Augen hatte. Jetzt erst fiel
mir auf, dass er so richtig schwäbisch redete. Ich fand das echt
nett.

„Solche Begegnungen haben was.", meinte er.

„Ja, unverhofft kommt oft.", sagte ich schlau zurück.

Es machte Spaß mit ihm zu reden. Er war geschieden, aber
seit 3 Jahren mit seiner Freundin zusammen. Klappte auch gut,
wie er meinte. Und warum telefonierte er dann mit mir? Männer.
Ich verstand sie einfach nicht.

„Wenn ich in deiner Nähe bin, können wir doch einen Kaffee
trinken gehen. Was meinst du?"

„Sehr gerne. Gib einfach Bescheid. Würde mich freuen!", sagte
ich. Das wäre ja nett.

Nach dem Telefonat war ich ein wenig durcheinander. Robert,
Mike und mein Gatte. Das war mir fast schon zu viel. Ob ich das
alles auf die Reihe kriegte?

Die Gefühlsachterbahn nahm wieder Fahrt auf. Meine Gefühle
zu Mike waren wie eh und je da. Robert war einfach nett und man
konnte super mit ihm telefonieren. Er war bodenständig und
wusste, was er wollte. Tanzte gerne und war einfach ein Lebe-

mensch. Mit ihm könnte man sicherlich viel Spaß haben. Eine Beziehung mit ihm war sicherlich recht unkompliziert. Ich mochte ihn, aber mehr Gefühle kamen nicht auf.

Wir trafen uns ein paar Wochen später in einem Café. Ich lief mit einer kleinen Vorfreude vom Parkplatz in Richtung Café und überlegte, wie unser erstes Treffen wohl sein würde.

Er kam mir in seiner Arbeitskleidung entgegen, strahlend und schön anzuschauen. Wir fielen uns in die Arme und begrüßten uns.

„Hey, schön dich zu sehen. Toll, dass es klappt.", Er strahlte mich an.

„Aber echt. Und wir haben uns gleich wiedererkannt.", entgegnete ich.

Wir setzten uns und redeten und redeten. Mit Robert wurde es nicht langweilig. Wie Vertraute tauschten wir uns aus. Mehr aber auch nicht. Wir hatten beide nicht das Bedürfnis, uns zu berühren. Es war ein lockeres Gespräch unter Freunden, aber nicht unter Geliebten. Wir machten gegenseitig unsere zweideutigen saloppen Bemerkungen, aber es funkte nicht zwischen uns. Ich konnte es nicht beschreiben, was das mit uns war. Es war was, aber auch nicht. Wir schrieben uns fast täglich Whatsapps und telefonierten wöchentlich. Ich genoss es, dass sich einer für mich interessierte.

Ihn interessierte einfach alles, hörte zu, hatte Interesse an meinem Leben. Und er schrieb mir. Das fehlte so sehr bei Mike. Tagelang, manchmal sogar wochenlang, hörte ich nichts von Mike. Es war echt schade und machte mich so unheimlich traurig. Er zeigte zwar bei den Telefonaten Interesse, ich wusste aber nie, wie weit ich mich öffnen konnte oder wie lange das Gespräch überhaupt lief, ohne dass gleich wieder von ihm wegen einem Anruf seiner Frau aufgelegt werden musste. Ich konnte irgendwie nicht alles in einem haben. Megageilen Sex, Liebesgefühle und Wertschätzung. Zum Heulen.

„Sollen wir uns `mal in der Sauna treffen," fragte Robert, als wir feststellten, dass wir beide Saunen liebten.

„Klar, warum nicht. Ich rede mal mit Clara, da ich sie als Alibi brauche."

„Mach das, wäre toll."

Was für ein aufregendes Leben ich wieder führte. Robert zeigte sichtlich Interesse an mir und ich fand ihn nett. Mit ihm konnte man echt Spaß haben. Wie der wohl im Bett wäre? Und dann war da noch Mike. Wir telefonierten und ich merkte, dass er sich wieder mit mir treffen wollte, Gefühle für mich hatte, wenn auch unsicher, in welchem Maße. Warum musste alles so kompliziert sein? Warum konnten wir nicht wie andere Paare einfach unsere seitherigen Partner verlassen und zusammenkommen? Diese Frage quälte mich so. Warum wollte er bei seiner Frau bleiben? War ja nicht alles schlecht, war seine Antwort. Aber ist das ein Leben auf Dauer? Wollte er allen Ernstes so ein Leben mit Abstrichen bis ans Lebensende führen? Mir war klar, ich wollte kein Leben nur mit Kompromissen leben. Wenn was Elementares fehlte, und Sex gehörte dazu, dann sollte man doch sehr gut überlegen, ob es einem Wert war, so weiter zu leben. Ich wollte das definitiv nicht. Und bei Mike wusste ich, dass wir zusammenpassten und ein tolles Leben zusammenführen würden. Nur er wusste das offensichtlich nicht.

Ich musste prüfen, ob Robert etwas für mich war. Aussehen toll, der Rest würde sich zeigen. Unser Saunatermin stand an. Ich war neugierig, wie er nackt aussehen würde. Er vermutlich auch auf mich.

Liebe Clara, wir treffen uns dann wie besprochen Freitagabend in der Sauna. :-) Naddi

Hey Naddi, da muss wohl ein Missverständnis vorliegen oder bin   ich der falsche Adressat. Wir haben nichts ausgemacht. Freitag   kann ich überhaupt nicht. Bin in Hamburg. Drückerle Clara

Mensch Clara, du warst auch schon mal flotter im Denken. Ich geh ja auch nicht direkt mit dir.

Oh Naddi, das freut mich aber, dass du mit Mike auch mal was Freitagabend ohne Auto unternimmst. :-)

Haha, Clara, schön wärs. Der bekommt doch keinen Ausgang. Robert begleitet mir.

Das hört sich ja nach etwas Aufregendem an, liebe Nadi. Genieße es und lass es dir gut gehen. Ich weiß jetzt Bescheid. Bussi Clara

Manchmal muss man anderen bei meinem lebhaften Leben auf die Sprünge helfen. Kommt nicht jeder so leicht mit. Ich auch nicht :-)

Aufgeregt saß ich in meinem Auto und fuhr über die Autobahn. Ich war jedes Mal aufgeregt, wenn ich ein Date hatte. Wie würde das wohl mit Robert sein? Was dachte er sich bei unserem Treffen? Würden wir es im Auto treiben? Irgendwo auf dem Parkplatz? Ich wusste nicht, ob ich das könnte. Ich dachte an Mike. Irgendwie betrog ich ihn jetzt auch mit jemand anderem. Wenn er das machen würde, bräche mein Herz endgültig. Es war schon so wund. Schmerzte. Manchmal dachte ich, ich könnte es nicht länger ertragen. Ich zwang mich immer wieder, nicht an ihn zu denken. Aber es viel mir so verdammt schwer. Ich litt unheimlich. Unbeschreiblich. Ich wusste gar nicht, was ich so toll an ihm fand. Doch! Alles einfach!

Ich steuerte mein Auto Richtung Parkplatz. Leider war ich schon ein wenig spät dran, daher beeilte ich mich mit zahlen und umziehen. Als ich in den Saunabereich kam, sah ich Robert schon von Weitem an der Bar sitzen. Locker und lässig mit einem strahlenden Lächeln. Wenigstens lenkte er mich ein wenig ab. Wir fielen uns wieder in die Arme und begrüßten uns wie alte Freunde. Dann machten wir uns in Richtung Sauna auf. Figurmäßig riss er mich nicht vom Hocker. Mike war weitaus sportlicher und durchtrainierter. Wusste eigentlich seine Frau, was sie für einen tollen Typen hatte? Wohl kaum. Robert und ich unterhielten uns prächtig und hatten unseren Spaß. Berühren taten wir uns nicht. Nicht mal zufällig. Sehr komisch. Selbst im Wärmebecken, als wir dicht nebeneinander lagen, passierte nichts. Vermutlich war er einfach hoch anständig und treu. Es war schon komisch, sich mit jeman-

dem in der Sauna zu treffen, mit dem man zuvor in einer Bar ge-
flirtet hat. Jetzt sah man sich von Kopf bis Fuß nackt und wusste
genau, wie der andere ausschaute. Mit Robert konnte ich mich
sehr gut unterhalten. Er machte mich aber irgendwie nicht an. Ich
wollte jetzt auch nicht mit ihm ins Bett. Er war nett und freundlich.
Hatte immer noch diese schönen Augen und war auch sehr schön
anzugucken, aber nicht attraktiv für mich. Ein Glück. Dann würde
ich nicht in Versuchung kommen. Ich wollte Mike nicht betrügen.

Der Abend verlief schnell und wir beschlossen, das zu Wieder-
holen. Vielleicht. Irgendwie auch langweilig.

„Wo hast du denn geparkt?", fragte er mich.

„Hm, ich glaub irgendwo da vorne.", und zeigte mit dem Finger
in Richtung Parkplatz.

„Komm ich fahr dich hin. Steig ein!", sagte er. Ich stieg in sein
Auto und dachte schon, dass wir hier knutschend übereinander
herfallen würden. Nichts passierte. Ich war schon fast enttäuscht,
denn ich hätte doch zu gern gewusst, wie Robert küsste. Das war
mir sehr wichtig. Küssen musste ein Mann können, sonst erregte
mich das nicht. Naja, bei Robert blieb es ein Geheimnis. Er parkte
neben meinem Auto und ich stieg aus. Er folgte mir und wir schau-
ten uns tief in die Augen.

„Schön wars. Machen wir gerne wieder.", sagte Robert und nahm mich in den Arm. Er küsste mich kurz auf den Mund. Ganz kurz. Ein flüchtiger, harmloser Kuss.

„Fand ich auch. Gute Idee.", grinste ich. Er küsste mich nochmal ganz kurz und ging dann Richtung Autotür.

„Komm gut nach Hause. Bevor mehr passiert, fahren wir lieber los.", meinte er und stieg ins Auto. Weg war er.

Ich stieg ebenfalls in mein Auto und stellte mein Navi ein. Nicht mal das Navi konnte mir eine Richtung für mein Leben geben. Was machte ich nur? Ich war total durchgeknallt. Verrückt. Was sollte das noch werden? Ich war unglücklich. Selbst die gute Musik im Radio konnte mich nicht mehr aufheitern. Und ich konnte niemandem von meinem Leid klagen. Susanne wollte ich damit nicht belasten. Ich war einfach selber schuld. Shit!

Die Tage vergingen und ich versuchte, nicht an Mike zu denken, als ob mir jemand sagte:

„Denken Sie jetzt nicht an einen rosa Elefanten.", so konnte man es sich vorstellen. Nur ich dachte dann nicht an einen rosa Elefanten, sondern an Mike. Schnief.

Das Warten machte mich ganz verrückt. Irgendwann gewöhnte aber auch ich mich dran. Die Zeit heilte ja alle Wunden. Auch meine. Und prompt wurde die kleine feine Kruste in meiner tiefen Wunde durch das Klingeln des Telefons wieder aufgerissen.

„Hey, Nada, wie geht`s dir?", fragte Mike, als ob nichts gewesen wäre.

„Hi Mike, schön dich zu hören!", ich versuchte nicht vorwurfsvoll, sondern gelassen zu klingen.

„Schön, freut mich. Wollen wir nächste Woche einen Kaffee trinken gehen?"

„Oh ja gerne.", rutschte es mir voller Freude raus. Ich hätte mir in den Hintern treten können. Mike lachte am anderen Ende der Leitung.

„Baumarkt?"

„Hey Mike, macht das wirklich Sinn, dass wir uns beim Obi treffen? Lass uns doch dort treffen, wo wir uns immer getroffen haben. Dann sind wir ungestört. Ich falle auch nicht über dich her. Aber Baumarkt ist echt doof."

„Schade, dass du nicht über mich herfallen wirst.", konterte er. Ich verstand nicht ganz.

„Ich bring auch einen Kaffee mit.", erwiderte ich cool.

„Freu mich, bis dann."

Ich hätte jubeln und heulen können. Auf jeden Fall wollte ich ihn sehen. Aber dann. Was würde daraus werden? So kam ich nie von ihm los und stolperte von einem Gefühlschaos ins nächste.

Egal, ich würde das aushalten. Er war ja untervögelt und nicht ich. Aber mir fehlte die Liebe, ihm nicht.

Ich konnte unser Treffen kaum erwarten. So aufgeregt war ich bei unserem ersten Treffen auch gewesen. Vorfreude war doch die schönste Freude. Ich stand als erste auf dem Parkplatz und zitterte. Ja ich zitterte vor Freude und Aufregung. Und dann kam er. Cool wie immer in seinem Bus. Den Bus, den ich liebte und in dem ich schon so viele schöne Stunden schon verbracht hatte. Der gehörte zu meinem Leben.

„Hi!", strahlte Mike.

„Hi."

Mike kam auf mich zu und hielt kurz vor meinem Gesicht an. Er hielt wie ein Wellensittich den Kopf schräg und sah mich an. Ich blickte auf. Unsicher, was er tun sollte, gab er mir leicht einen Kuss auf den Mund. Hob wieder seinen Kopf und guckte mir in die Augen. Neugierig machte ich das Spiel mit.

„Alles klar?", wollte er von mir wissen, obwohl es so seltsam war.

„Ja.", sagte ich, riss ihn an mich und küsste ihn heftig. Selbst ist die Frau.

„Oh, da hat mich aber eine vermisst!", gab er zur Antwort, als er wieder Luft holen durfte.

„Ja, habe ich!", ich spürte seine Erregung gegen mein Schambein drücken „Du mich wohl auch.", Ich blickte nach unten.

„Hm ja. Bin mir nur nicht sicher, ob wir das machen sollten.", er
deutete auf seinen Bus. Ich küsste ihn nochmal und meinte:

„Macht das jetzt noch einen Unterschied?"

„Nein, macht keinen Unterschied mehr. Komm` lass uns in den
Bus gehen, bevor ich mir das wieder anders überlege."

Rasend schnell stiegen wir in den Bus und fielen wie zwei Aus-
gehungerte übereinander her. Es war schnell, heftig und intensiv.

„Es ist so schön, dich zu spüren.", hauchte er außer Atem.

„Ja, finde ich auch. Ich hab´ dich so vermisst.", sagte ich.

„Ich dich auch. Das macht es ja so schwer.", sagte er traurig.

Was er genau für mich empfand, wusste ich nicht. Ich traute
mich auch nicht, ihn zu fragen, aus Angst, wieder verletzt zu werden, wenn eine dementsprechend negative Antwort kommen
würde. Aber er empfand etwas für mich. Das machte mir mein
Herz noch schwerer, da ich wusste, dass das so viel zwischen uns
war. Leider war auch seine Frau zwischen uns. Ich vermutete,
dass er auch hin und hergerissen war. Bei ihr hatte er ein bestän-
diges Leben und wusste, was er an ihr hatte. Es war nicht alles
schlecht, das glaubte ich auch, aber vermutlich öde und langweilig. Jemand, der in der Buchhaltung arbeitete, konnte ja auch nicht

wirklich spannend sein. :-) Bei mir gab es natürlich sehr viel Spannung und ein auf jeden Fall aufregendes Leben. Die Lust an Neuem machte ihn an, aber wahrscheinlich auch unsicher. Ich war ein Wirbelwind und vermutlich wäre er damit etwas überfordert. Doch ich reizte ihn und er wollte mich auch nicht verlieren. Irgendwie kam ich mir wie auf der Wärmplatte vor. Aber das war mir zu wenig und auch langweilig. Einfach nur warm und nicht heiß genug. Es verunsicherte mich so, weil ich nicht wusste, was er zukünftig vorhatte. Vielleicht wollte er noch ein paar Jahre sparen und warten, bis ich soweit frei für ein neues Leben war. Ach, alles Spekulationen, die mich nicht weiterbrachten. Am Ende wusste ich auch nicht, was wirklich wahr oder Hirngespinst von mir war. Ich hatte eine sehr gute Menschenkenntnis, aber bei ihm konnte ich nicht herausfinden, was er dachte oder wollte. Sollte ich offensiver sein und ihm meine Gefühle zeigen oder eher zurückhaltend und einfach nur geilen Sex mit ihm haben? Die coole Blondine spielen, die Männer verführte, fickte und brav wieder nach Hause ging? Wer war ich und was wollte ich? Die Gefühle brachen über mir ein. Verdammt. Ich hatte noch nie jemand so geliebt wie Mike. Zumindest konnte ich mich nicht daran erinnern. Aber an ihn würde ich noch lange denken. Und dann der Schmerz! Unerträglich, nicht abklingend und nicht weichend. Er klebte an mir wie ein zäher Kaugummi. Selbst Robert konnte mich nur kurz ablenken. Mehr aber auch nicht. Ich empfand nichts für ihn. Außer, dass er nett war. Mehr aber auch nicht.

Moin, wie gehts dir?

Guten Morgen, alles fit und bei dir?

Bin schon auf der Baustelle. Megaviel zu tun. Läuft.

Tja selbst und ständig arbeiten. Der Preis der Selbstständigen.

Ja, so ist es. Zeit zum Telefonieren?

Robert und ich telefonierten jede Woche und schrieben uns bald täglich WhatsApp. Er meldete sich und zeigte Interesse. Ich fand es sehr nett, konnte das Ganze aber auch nicht zuordnen. Er hatte seit drei Jahren eine Freundin und war eigentlich glücklich. Eigentlich wahrscheinlich. Er machte zwar ab und an zweideutige Bemerkungen, legte es letztdes Endes aber nicht drauf an. Es war wie ein Spiel zwischen uns. Tausend Mal berührt, tausend Mal ist nichts passiert.....

Genau das vermisste ich bei Mike. Ich hätte so gern mit ihm geschrieben oder öfter telefoniert, damit er mich besser hätte kennenlernen können und ich ihn. Dadurch hätten wir viel mehr Gelegenheit gehabt, uns auszutauschen anstelle nur kurz übereinander herzufallen. Zwischen uns fehlte das Zwischenmenschliche. Er konnte gar nicht feststellen, wie nett ich eigentlich war und was für eine tolle Frau er an mir hätte. Ob das wirklich etwas geändert hätte, wusste ich nicht. Ich war sichtlich verzweifelt und zerbrach mir den Kopf. Ich war gerade mit Robert am Telefonieren, als Mike anrief.

„Robert, ich muss aufhören, mein Mann ruft an.", log ich und drückte ihn weg. Das kam mir doch irgendwie bekannt vor?!

„Hallo Mike!"

„Hallo schöne Frau, wie geht´s?"

„Gut gehts. Und dir? Feierabend?"

„Ja, endlich. So viel Stress auf der Baustelle. Gehts dir wirklich gut?"

„Ja geht so. Die Gefühlsachterbahn halt."

„Geht mir nicht anders. Bin auch hin und hergerissen. Aber es ist halt immer schön, dich zu sehen. Und wenn ich deine Stimme höre, kann ich nicht anders."

„Ja, das macht es nicht einfacher. Versteh` ich."

„Hatte schon mal ein Mädel, mit dem ich mich zum Spaß getroffen hatte. Als ich keinen Bock mehr hatte, hatte ich das beendet, weil ich mir mit ihr auch nicht mehr vorstellen konnte. Beziehung oder sowas. Mit dir ist das halt anders."

„Könnte mir da auch mehr drunter vorstellen. Aber das drum rum macht es nicht einfach."

„Ja, haben uns echt zur falschen Zeit kennengelernt."

Aber man kann doch alles ändern, wollte ich am liebsten sagen. Da war ich irgendwie zu feige. Ich konnte mich ihm nicht vollends offenbaren. Eine Hemmung in mir, die ich nicht beschreiben konnte. Wir beendeten das Telefonat ohne einen neuen Termin auszumachen. Gib ihm Zeit, hat mir Marie ans Herz gelegt. Das tat ich. Er sollte sich seiner Gefühle auch klar werden. Mich nervte nur, dass ich seiner Willkür und seinem Trieb ausgeliefert war.......grrrrrr. War ich das wirklich?

In unserem Ort fand eine Après - Skiparty statt. Da ich kein Kind von langer Traurigkeit war, ging ich mit Susanne und ein paar Freundinnen hin. Der Alkohol floss und ich trank wieder mal zu schnell und zu viel. Ich versuchte mich abzulenken und mein Leben wieder zu genießen. Ein Typ laberte mich von der Seite an, ich sollte doch meine Hände aus den Hosentaschen nehmen. Er sah ganz nett aus. Dunkelhaarig, kurzer Bart, nette Stimme. Wir unterhielten uns und tranken zusammen. Ich merkte, dass er immer wieder versuchte, mich zu berühren. Komischerweise machte es mir nichts aus. Er hatte etwas Reizvolles an sich.

„Du hast so schöne Augen," meinte er und schaute mir tief in diese.

Susanne riss uns aus unserem Gespräch. Ich torkelte mit ihr nach draußen. Sie wollte langsam gehen.

„Moment Susanne, bevor ich gehe, muss ich Frank meine Telefonnummer geben.", lallte ich.

„Wenn du sie noch zusammen bekommst.", spottete sie.

Und ob ich sie zusammen bekam. Noch in der Nacht schrieb mir Frank.

Du hast so schöne Augen. Gute Nacht.

Am nächsten Morgen freute ich mich sogar über die Nachricht. Frank war ein echt interessanter Mann. Zum zweiten Mal geschieden. Single mit Wohnung. Yeah. Zumindest sollten es keine Autonummern werden. Endlich mal ein Bett. Wir schrieben uns den ganzen Sonntag und abends beschlossen wir zu telefonieren. Ich verzog mich in mein Büro nach unten, damit Frank und ich ungestört telefonieren konnten. Mann und Kinder waren im OG. Stundenlang tauschten wir uns aus. Lachten und laberten.

„So und wie stellst du dir das mit uns vor?", wollte er wissen.

„Hm, ich bin verheiratet und habe zwei Kinder. Auf irgendeinen Stress habe ich gar keine Lust.", meinte ich taff.

„Ok, und das heißt, du suchst was nebenher?", wollte er wissen.

„So ungefähr.", gab ich zu. Ich strauchelte. Wollte ich das wirklich? Mike betrügen?

„Ja, was nun Mädel? Ich bin für alles bereit. Ich habe nichts zu verlieren, kann nur gewinnen. Du musst wissen, was du willst und was für dich auf dem Spiel steht."

„Ja, so würde ich es ausdrücken. Es ist glaub grad *in,* einen Lover zu haben."

„Ok, spannend. Sowas ist mir auch noch nie passiert. Aber gut. Wann treffen wir uns?"

Nachdem wir uns beide durchs Schreiben und Telefonieren neugierig aufeinander gemacht hatten, beschlossen wir, uns am nächsten Morgen zu treffen. Meine Güte! Was machte ich nur? Ich war echt total durchgeknallt. Wenn Clara davon erfuhr, wäre sie bestimmt über meine sprunghaften Gefühlsschwankungen überrascht. Ich konnte in der Nacht kaum schlafen, beschloss aber Mike aus meinem Kopf zu verbannen. Wenn er mich nicht wollte, tat es ein anderer.

Aufgeregt fuhr ich mit dem Fahrrad zu Frank. Er wartete auf mich auf der Straße, da sein Haus schwer zu finden war. Ich sah ihn von Weitem und mein Herz raste. Ich war beim ersten Date immer so aufgeregt. Wie würde es werden? Wie war er? Ich freute mich, als ich ihn von weitem sah. Sexy in seiner Jogginghose. Ohne Unterhose, wie ich später feststellte. Wir liefen nebeneinander zum Haus und sahen uns von der Seite schüchtern an. Er schien auch aufgeregt zu sein.

„Sowas ist mir noch nie in meinem Leben passiert.", meinte er.

„Tja, ich bin immer für Überraschungen gut.", erwiderte ich und lächelte ihn an. Er gefiel mir und ich war endlich abgelenkt. Ich stellte mein Fahrrad ab. Als ich mein Fahrradschloss aufmachen wollte, merkte ich, wie ich zitterte. Bekam es natürlich nicht auf und fummelte mit dem Schlüssel in dem Schlüsselloch rum. Frank sah mir zu. Ruhig und gelassen stand er da. Er dachte sich vermutlich seinen Teil. Peinlich. Als ich es endlich geschafft hatte, schlug ich mir noch an der Wäschestange den Kopf an. Frank verkniff sich ein Lachen. Wie schusselig ich doch wieder mal war. Wir gingen die Treppe hoch. Frank hatte eine schnuckelige, kleine Wohnung unterm Dach. Sehr aufgeräumt und ordentlich.

„Magst einen Kaffee haben?", fragte er mich.

„Ja gerne, Kaffee geht immer!"

Er stellte ihn auf den Tisch und setzte sich mir gegenüber. Wir redeten belanglos miteinander. Es war sehr komisch. Wir hatten uns zum Sex verabredet. Hatten uns erst vor zwei Tagen betrunken kennengelernt und saßen jetzt aufgeregt gegenüber. Frank ergriff als Erstes die Initiative und zog mich zu sich heran. Er nahm meine Hände und küsste mich auf den Mund. Erst zaghaft, dann energisch. Es fühlte sich gut an.

„Komm, wir gehen nach oben. Deswegen bist ja schließlich da.", und zog mich hinter sich her ins Schlafzimmer.

Er blieb vor seinem Bett stehen und küsste mich. Stürmisch. Er drückte mich auf sein Bett und legte seinen schweren Körper auf meinen. Ich ließ es neugierig über mich ergehen. Er gab sich sichtlich Mühe und es fühlte sich okay an. Aber halt nur okay. Er hatte nicht viel Übung, das merkte ich. Vielleicht war es auch die Aufregung.

Ich fuhr mit gemischten Gefühlen nach Hause. Was war los mit mir? Wozu tat ich das?? Dadurch würde ich Mike auch nicht vergessen können. Ich verglich vielmehr den einen mit dem anderen und leider war Mike über Welten besser. In allem. Shit.

Frank war nett. Einfach nur nett. Er kochte auch mal für mich, was mich schwer beeindruckte. Das tat noch niemand für mich. Im Nachhinein merkte ich, was mir all die Jahre fehlte. Ich suchte vergeblich nach jemandem, der mich liebte und sich um mich kümmerte. Für den ich toll war und der mich einfach nur sah - so wie ich war. Einer, der meine Gegenwart schätzte und nicht einer, den ich nur nervte und für den ich funktionieren musste. Das alles gab mir Frank. Er fand mich so schön und toll und war hin und weg von mir. Er konnte meinen Mann nicht verstehen, dass er mich oft so mies behandelte und nicht merkte, was für eine tolle Frau er hatte. Frank hätte mich sofort zu sich einziehen lassen. So klein wie die Wohnung war, aber für mich hätte es Platz gegeben und nicht nur da. Ich glaubte, er verliebte sich in mich. Das machte mir Angst. Auch wenn er betonte, dass ich das Zepter in der Hand hätte und alles so laufen würde, wie ich es wollte oder nicht wollte. Er schrieb mir ständig WhatsApp und kümmerte sich um mich. Wir telefonierten und er hatte immer ein offenes Ohr für mich und meine Belange. Er zeigte richtiges Interesse an mir. Nicht nur körperlich, sondern an mir als Person. Aber ich verglich ihn ständig mit Mike und das fand ich ihm gegenüber nicht fair. Mike war eine Bombe im Bett. Frank mittelmäßig. Mike küsste grandios. Frank so einigermaßen. Er erregte mich irgendwann nicht mehr und ich beschloss, das mit ihm zu beenden. Ich konnte so nicht weitermachen. Ich hatte komischerweise Mike gegenüber ein schlechtes Gewissen. Meinem Mann gegenüber nicht. Wie bescheuert war das? Verdammt ich lieb dich!

Guten Morgen, gut geschlafen?

Guten Morgen, ja und du? Bist schon arbeiten?

Nein, habe Spätschicht. Haben uns schon so lange nicht mehr gesehen. Wann sehen wir uns wieder? Vermisse dich….

Kann diese Woche leider nicht. Habe so viele Termine……

Och schade. Aber wie es dir passt. Du weißt, ja du sagst wann und wo.

Irgendwie sah ich Parallelen zu mir und Mike. Ich wollte mehr und er nicht. Frank wollte mehr und ich nicht. Ich hätte jeden Tag mit Mike telefonieren können und ständig Sex mit ihm haben können und noch viel mehr, er aber nicht. Bei Frank und mir war es ähnlich. Shit. Ich wollte Frank nicht so vor den Kopf stoßen wie Mike mir oft vor den Kopf gestoßen hatte. Dennoch tat ich es. Er tat mir leid, so wie ich mir oft leidtat. Aber ich hatte ja von Anfang an mit offenen Karten gespielt. Mike aber auch.......

Ich hatte mich so in etwas reinmanövriert, dass ich mich fast schon schämte. Frank hätte ich mir echt sparen können. Aber es war eine Erfahrung und nicht alle Erfahrungen waren immer gut. Jetzt sollte Schluss sein mit dem Männer-hin-und-her. Beschloss ich.

„Hi Nadda!", begrüßte mich Mike am Telefon.

„Hi Mike, schön von dir zu hören. Hatte dich schon vermisst.", gab ich zu, weil ich mich wirklich sehr freute.

„Schön zu hören.", erwiderte Mike.

„Wie schön zu hören? Was war daran schön, dass ich leide?", raunzte ich zurück.

„Tja, mir geht es nicht anders."

„UND WARUM TRIFFST DU DICH DANN NICHT MIT MIR?"

„Wenn es so einfach wäre. Ich werde immer schwach, wenn ich deine Stimme höre."

„Hm, dann höre auf vernünftig zu sein. So ein Quatsch. Scheiß Vernunft.", ärgerte ich mich.

„So, du willst wieder unvernünftig sein?"

„Auf jeden Fall!"

„Wenn alles gut läuft, nächste Woche Mittwoch nach der Mittagspause?"

„Freu` mich!" Und kann es kaum erwarten, aber das sparte ich mir. Wäre ja zu peinlich. Ich jubelte innerlich und freute mich wie je zuvor. Endlich ein Lichtblick. Ich liebte Mike so sehr, dass ich schier platzte. Zu gern hätte ich es ihm gesagt, traute mich aber nicht. Aus Angst, ihn zu verlieren oder wieder verletzt zu werden, weil er mir vor den Kopf stieß, wie toll es mit seiner Frau war.

Guten Morgen, bist ausgeschlafen.

Guten Morgen Frank, ja ausgeschlafen.

Wann sehen wir uns wieder?

Wenn, dann nur zum Kaffee. Ich kann das Körperliche nicht mehr. Sorry.

Kein Problem. So wie du willst. Du weißt, ich richte mich nach dir.

Danke du bist ein echt feiner Kerl.

Du bist eine so tolle Frau. Ich freu mich auch einfach nur dich zu sehen.

Danke. Morgen auf 11 Uhr?

Gerne freu mich sehr auf dich. Auch nur auf einen Kaffee und reden.

Frank war echt ein feiner Kerl. So verständnisvoll und nett. Einfach nett. Wahrscheinlich würde mich das irgendwann nerven. Er war so väterlich. Was ich brauchte war eine Bombe. Ja eine richtige Bombe im Bett, die wusste, was Sache war und was mir gefiel. Bestimmend, dominant und hart. So wie Mike halt. Schnief.

Ich schwang mich auf mein Fahrrad und fuhr zu Frank. Bock hatte ich überhaupt nicht. Am liebsten hätte ich abgesagt. Aber ich tat es nicht. Ich dachte, ich sollte nochmal zu Frank gehen und mit ihm reden. Aber mein Hals war wie zugeschnürt. Ich wollte nicht und dennoch tat ich es. Wie dumm. Ob es Mike mit mir auch so ging? Mir wurde beinahe übel. Ich hoffte nicht. Leichte Panik stieg in mir hoch. Ging es Mike genauso mit mir? Ich beschloss, mich zurückzuhalten. Das wäre ja furchtbar.

Frank öffnete sofort die Tür als ich klingelte. Er stand schon dahinter und lächelte. Wir küssten uns kurz. Ganz kurz. Mehr wollte ich nicht. Bei mir ging nichts mehr. Daher beschloss ich, so schnell wie möglich wieder zu gehen. Frank fiel es nicht leicht, nur mit mir zu reden. Immer wieder berührte er mich. Versuchte mich zu küssen und redete und redete. Er war wohl aufgeregt und redete sich um Kopf und Kragen. Ich hasste eigentlich solche Vielredner. Am Anfang fand ich es ja auch nett, wenn er mir viel erzählte und es war auch unterhaltsam. Jetzt nervte er mich und das anfängliche Wohlfühlen ließ nach. Schlagartig. Ich hatte überhaupt keinen Bock mehr auf das alles. Mitleid hin oder her, ich musste nach meinen Bedürfnissen gucken. Ich schüttete förmlich meinen Kaffee herunter und schob Einkäufe und zig Erledigungen vor, nur um schnell wieder gehen zu können. Nix wie weg. Weg aus meinem Leben. Frank versuchte, sich seine Enttäuschung

nicht anmerken zu lassen. Wir hatten aber von Anfang an verein-
bart, offen und ehrlich miteinander umzugehen. Wenn es nicht
mehr ginge, dann musste der andere das eben akzeptieren.

„Aber schreiben tun wir uns noch?", fragte er.

„Ja klar!", sagte ich, wusste aber, dass ich es einschränken
würde.

Ich ließ beim Fahrradfahren meinen Gedanken freien Lauf.
Mein Kopf schwirrte und ich wusste nicht mehr, was ich denken
sollte. Es kam mir alles so unwirklich vor. War das ich? Was
machte ich? Ich schlief mit anderen Männern und erhoffte mir,
dadurch Erfüllung und Glück? Ich erlebte so viele Abenteuer und
kam mir doch so verloren vor. Mein Leben war immer noch eine
Problemzone. Es hatte sich nichts geändert. Ich war immer so or-
ganisiert und strukturiert. Gefühle ließ ich nicht zu oder unter-
drückte sie erfolgreich. Jetzt beherrschten mich die Gefühle und
ich kam nicht mehr klar. Aber gut, das mit Frank hatte ich hinbe-
kommen. Ein Schritt nach dem anderen. Meinen nächsten Lover
würde ich mir besser aussuchen. War ich überhaupt bereit für einen anderen Liebhaber? Es machte Spaß, genialen Sex zu haben. Aber eben nur mit Mike. Küssen sollte er können. So wie
Mike. Eigentlich hatte kein Mann eine Chance bei mir, solange
Mike an mir klebte und mich nicht losließ oder ich ihn, Aber ich
wollte ihn auch nicht loslassen. Niemals. So einen Mann würde

ich nie wieder treffen. Ich hatte immer das Gefühl, dass das mit Mike meine Chance fürs Leben wäre. Mit Mike ging es schleppend bis kaum voran und es war nicht sehr befriedigend, sondern oft enttäuschend. Aber immerhin hatten wir nächste Woche ein Date. Juhu. Ein Lichtblick.

Schade, dass das mit uns nicht mehr ist. Vermisse dich.

Tut mir echt leid, kann aber nicht mehr anders.

Versteh das. Alles kein Problem. Aber wäre zu schön gewesen.

Ich beschloss, darauf nicht mehr zu antworten. Hatte keine Lust auf Frank.

Moin, wie gehts? Woche gut gestartet?

Guten Morgen Robert, ja alles fit.

Oh, jetzt schrieb auch noch Robert. Und wieder eine Nachricht von Frank.

Du bist so eine schöne Frau. Pass auf dich auf und ich wünsche dir von Herzen, dass du eine Lösung in deinem Leben findest und alles gut wird.

Das fand ich jetzt echt nett von Frank. So war er. Ein herzensguter Mensch.

Langsam kam ich in Stress. Und meinen Gatten gab es ja auch noch. Vier Männer sind drei zu viele. Eindeutig. Irgendwie musste ich das alles auf die Reihe bekommen und durchblicken. Wenn doch nur einmal Mike schreiben würde.......

Das Wochenende schien endlos zu sein. Ich freute mich so auf das Treffen mit Mike wie ein kleines Mädchen auf Geburtstag und Weihnachten gleichzeitig. Wir hatten diese Woche zwei Möglichkeiten. Mittwoch nach der Mittagspause und Donnerstagabend nach seinem Training. Gerne beides Mal an gewagten Orten, hemmungslos schmutzig.

Ich konnte es kaum erwarten, bis Mike sich meldete und mit mir die Uhrzeit vereinbarte. Zum zweiten Mal wechselte ich mein T-Shirt, da es vor lauter Aufregung verschwitzt war. Wann rief er endlich an?? Jetzt.

„Hi Mike!"

„Hi Nadda. Muss dich leider enttäuschen. Kann morgen Mittag nicht. Muss länger arbeiten."

Mir riss es förmlich den Boden unter den Füßen weg. Ich brach zusammen. Konnte es nicht glauben, was ich gerade hörte.

„Oh nee. Ist jetzt nicht dein Ernst."

„Doch tut mir auch echt leid. Diese Woche geht auch nicht mehr. Echt sorry."

Meine Stimme wurde ganz komisch. Ich war so enttäuscht. So traurig und so wütend.

„Bin jetzt echt enttäuscht!", sagte ich mit stockender Stimme.

„Ja, ich weiß. Sorry, hätte dich gerne gesehen. Mist, muss aufhören. Melde mich gleich."

Ich legte auf und heulte. All die angestauten Gefühle brachen aus mir heraus. Ich bedeutete ihm überhaupt nichts. Er sagte mir ab und vertröstete mich. Unfassbar. Auch ich hatte Gefühle und er wusste, dass er mir mehr bedeutete. Shit. Er rief nochmal an. Ich putze mir die Nase und trocknete meine Tränen, als ob er die durchs Telefon sehen könnte.

„Hey, sorry."

„Ich bin´s ja langsam gewöhnt von dir."

„Sag nicht sowas."

„Doch ist so."

„Tut mir auch weh. Ehrlich. Kann jetzt auch nicht mehr reden. Muss einkaufen. Rufe dich wieder an. Tschau."

Ich legte ohne „Tschau" auf. Leck mich.

Im Auto war ich nicht mehr traurig, sondern sauer. Stinksauer. Ich fuhr zum Training. Völlig neben mir, traurig ohne Elan. Die Stunde schien nicht vorüber zu gehen.

Susanne kam auch zum Training. Sie sah mich an und nahm mich in den Arm. Tränen kullerten über meine Wangen.

„Ich ertrage diese ständigen Absagen nicht. Erst will er sich mit mir treffen und dann sagt er kurz vorher ab!", schniefte ich.

„Das ist echt fies. Jetzt muss ich gleich mit heulen.", Und so tat sie es.

„Das ist so gemein. Wieso macht er das?"

„Kopf hoch! Geh` heim und ich mache deine Stunden fertig. Wir reden morgen, okay?"

Die Teilnehmer standen um uns herum und sahen uns beide verwirrt an. Sie konnten es vermutlich nicht glauben, dass die sonst immer fröhliche Nadine traurig und aufgelöst war. Ich war immer lebensfroh und gut gelaunt. Und jetzt? Ein heulendes Häufchen Elend.

Ich schnappte meine Sporttasche und lief Richtung Dusche. Apathisch stellte ich mich unter das lauwarme Wasser, das meinen Körper wohltuend einhüllte. Ich genoss es und reckte mein Gesicht in Richtung Wasserstrahl und wusch mir die Tränen aus dem Gesicht. Es sollten die letzten Tränen sein, die ich wegen Mike vergoss, beschloss ich. Ich hüllte meinen Körper in mein Kuschelhandtuch und lief Richtung Sammelumkleiden. In meiner Tasche brummte es. Mein Handy klingelte. Ich stellte die Tasche auf den Boden und fingerte mein Handy aus der Tasche. Wer wollte jetzt schon wieder was von mir? Ich wollte einfach nur Ruhe haben. Mike! Mike rief an. Ich nahm ab.

„Hi, wollte mich nochmal melden, weil ich echt ein schlechtes Gewissen bekommen hatte. Es tut mir echt leid, dass ich ständig absage."

„Schon gut, ich bin es gewohnt. Weißt du, ich erwarte einfach nix mehr von dir. Dann kann ich auch nicht enttäuscht werden.", sagte ich gelangweilt. Ich lief in die Sammelumkleiden mit Handy am Ohr und Tasche in der Hand. Zig Augenpaare starrten mich an. Mist, voll. Ich machte kehrt, um einen Platz zum Telefonieren zu suchen. Sollte ja nicht jeder mithören.

„Echt jetzt? Oh Mann.", stammelte er.

„Ja bin gerade nicht so gut drauf. Bin Susanne schon heulend in die Arme gefallen. Ich war echt traurig,"

„Versteh` ich, lass uns jetzt treffen. Ich habe gesagt, ich gehe zum Training. Jetzt mach ich wieder mein Lieblingstraining mit dir!", sagte er gut gelaunt.

Ich überlegte diesmal ernsthaft, ob ich das wollte. Natürlich wollte ich.

„Also gut, in 20 Minuten wie immer."

„Auja, freu` mich.", sagte er.

Ich fand es ja echt einen feinen Zug von ihm, dass er sich nochmal meldete. Hatte er noch nie gemacht. Vielleicht merkte er, oder mit Sicherheit hatte er bemerkt, dass er mich heute sehr verletzt hatte. Als ich zum Treffpunkt fuhr, fühlte ich, dass sich etwas in mir verändert hatte. Ich war lang nicht so aufgeregt und freute mich auch nicht so sehr auf ihn. In mir war irgendwas erkaltet. Auch als Mike herfuhr, stand ich fast gelangweilt da. Er stieg aus und ging auf mich zu. Sah mich an, küsste mich leicht und sah mich wieder an. Meine Leidenschaft war weg. Ich fiel ihm nicht wie sonst freudig um den Hals und küsste ihn nicht heftig. Auch drückte ich nicht mehr fest meinen Körper an seinen. Es war anders. Jetzt bekam er Alltagskost wie zu Hause von seiner Frau. Erkaltet, gelangweilt und öde. Mike war sichtlich irritiert. So kannte er mich nicht. Aber er kannte mich und wusste, was mir gefiel.

Wir hatten Sex, wie immer sehr guten, das musste ich zugeben. Wir verschmolzen ineinander und versuchten dem anderen alles zu geben, was wir hatten. Nur war es anders. Ich hatte Abstand, schaute ihn an und er mich. Heute Mittag wollte ich ihm noch sagen, dass ich ihn liebte, aber jetzt brachte ich es nicht über die Lippen. Meine überschwängliche Leidenschaft, die er immer als notgeil interpretierte, war weg. Diesmal zog ich mich als erste wieder an und packte zusammen.

„Schön wars.", sagte Mike und drückte mich.

„Ja, wie immer.", erwiderte ich.

„Aber versprechen tu ich nichts mehr."

„Ja, bitte nicht. Ich lass es einfach auf mich zukommen. Entweder es klappt mit uns oder nicht.", sagte ich trocken.

Mike hielt kurz inne bevor er antworten konnte: „Okay, und das heißt?"

„Natürlich schöner, wenn es klappt. Und danke, dass du nochmal angerufen hast."

„Gerne, im Einsatz meiner Ehe sogar. Ich sagte, ich müsse dringend raus. Unbedingt trainieren."

„Haben wir ja auch.", grinste ich.

Ich war nicht nachtragend, das machte mich aus. Meine Wut war fast vorbei, Gefühle noch da, aber ich wusste, ich musste mich von Mike unabhängig machen. Unabhängigkeit und Freiheit, das waren meine neuen Ziele. In Gedanken ließ ich Mike los. Ich befreite ihn und somit auch mich. Wahre Liebe lässt frei. Ich konnte von Mike nichts erwarten, sondern nur die Momente, die uns gegönnt waren, genießen. Nimm, was das Leben dir bietet, las ich mal. Diese Einstellung versuchte ich einzutrainieren. Ich war es leid, verletzt, enttäuscht zu werden. Das Schlimmste war ja, dass ich diese Verletzungen zuließ. Ich war selbst daran schuld. Und somit konnte ich es auch wieder ändern. Selbstverantwortung für mein eigenes Leben übernehmen.

Hallo Susanne. Danke nochmal für deinen Beistand vorher. Mir geht es besser. Ich lasse Mike jetzt los. Endgültig. Sehr gut!!!!!

Ich fühlte mich gut. Frei und fröhlich. Ich wartete nicht auf seinen Anruf, da ich wusste, er würde sich nächste Woche melden. Er brauchte jemand fürs Ficken, nicht ich. Er würde sonst eine tolle Frau wie mich verlieren, wenn er sich nicht melden würde. Das wusste er.

Fünf werden langsam zu viel

Clara sagte immer zu mir, es gäbe auch andere Männer. Da sollte sie recht behalten. Das Gute liegt doch so nah, so nah in der Nachbarschaft.

Matthias schrieb mir ab und zu Whatapp. Belanglos. Simone und er wohnten in der gleichen Straße. Wir verstanden uns alle gut und trafen uns zu Geburtstagen und Straßenfesten. Er war nett und fröhlich. Sportlich und hatte eine ansprechende Ausstrahlung. Und ich dachte, er sein ein treuer Ehemann. Wie man oder ich mich in Menschen täuschte, sollte ich die nächsten Tage feststellen. Keine Ahnung was los war, aber vermutlich lag es am Frühling. :-)

Guten Morgen, anbei was zum Lachen für den Sonntag. Gruß Matthias.

Schönen guten Morgen. Kann man brauchen bei dem trüben Wetter.

Meine Füße schmerzen. Habe gestern zu viel beim Night-groove getanzt.

Schade, dass wir uns nicht gesehen haben. Wir waren auch dort.

Ich schrieb ja öfters ganz harmlos mit Matthias. Dachte mir nix Böses dabei, da ich seine Frau kannte, er meinen Mann. Wir hatten oft miteinander gefeiert. Aber, dass er das schade fand, mich nicht gesehen zu haben, machte mit stutzig.

Echt? Ja, war viel los. Wir waren im alten Keller, Punky ...

Wir in der Kelter, Henrys...... soll ich dir die Füße massieren?

Hört sich gut an. Vielleicht hilft es....

Könnte dir auch eine Ganzkörpermassage anbieten.

zu dir oder zu mir?

Spätestens hier merkte ich, dass der anders tickte. Ich fand es spannend, so mit ihm zu schreiben. In was man nach dem Tanzen alles reingeraten konnte......

Zu dir. Mit ganz viel warmen Öl. Würde dich echt gerne streicheln und massieren. Ich denke mit Nacktsein hast du kein Problem.

Nein, habe ich nicht. Oh, ich liebe Ganzkörpermassage.

Aber, es wird nur gut, wenn man auch die Intimstellen mit massiert.

Das ist aber dann gefährlich. Dann garantiere ich für Nix. Bin schnell erotisierbar.

Geil! Das freut mich. Ich würde mit Unterhose auf dir sitzen. Dann ist der weggepackt.

Haha, als ob das helfen würde.

Wahrscheinlich nicht. Ist schnell ausgezogen.

Das denke ich auch.

Ich liebe es auch zu lecken.

Auch nicht schlecht. Ich mag das.

So? Was hast du sonst so für Vorlieben?

Oh meine Güte. Ich hielt inne mit Schreiben. Was war das? Sonntagmittag Dirty Talk mit meinem Nachbarn. Meinte er das echt ernst?? Vermutlich......ich fand es heiß. Erregend. Spannend.

Ich mag es hart.

Geil. Ich auch. Hemmungslos, hart, schmutzig.

Na dann…..

Bin schon voll scharf.

Moment mal. Du weißt schon, mit wem du schreibst? Wie kommt es dazu??

Ich war schon immer scharf auf dich!

Oh. Ich wusste ja schon, dass ich dir gefalle.

Klar. So eine hübsche Nachbarin.

Nachdem wir uns gegenseitig heiß gemacht hatten, beschlossen wir uns so schnell wie möglich zu treffen. Meine Güte. Was mir in letzter Zeit so passierte. Ich hatte wohl doch eine sehr erotische Ausstrahlung, wie Marie `mal zu mir sagte.

Matthias wollte nach einem Hotelzimmer für Mittwoch gucken. Mittwoch. Ich zögerte. Mittwoch war immer - oder öfters- der Tag, an dem Mike und ich uns getroffen hatten. Wir fickten und gingen ein Stück spazieren. Tranken Kaffee und plauderten. Hm. Jetzt würde der Mittwoch an Matthias fallen. Wehmut kam hoch. Aber den versuchte ich schnell wieder zu unterdrücken und sagte Matthias zu. Es beeindruckte mich, dass Matthias sogar ein Hotelzimmer zahlen wollte, nur um mich zu ficken. Unglaublich. Ich konnte mein Glück nicht fassen. Das war ich ihm wert. Leider bekamen wir so kurzfristig kein Zimmer und so beschlossen wir, uns im Auto zu treffen. Ich hatte ja Erfahrung mit Autonummern.

Richtig aufgeregt war ich nicht. Ich war auf Matthias neugierig. Wie war er im Bett? Was konnte er mit seinem Penis alles anstellen? Ich kam aus dem Staunen nicht mehr raus, zu was Männer fähig waren. Dem hätte ich es nicht zugetraut, er mir aber auch nicht, sonst hätte er mich schon früher gefragt. Männer!

Mike hatte sich diese Woche nicht gemeldet. Irgendwie war ich froh, dann konnte ich mich auf Matthias konzentrieren und nicht mehr meine Energie an Mike vergeuden. Er war immer noch in meinem Herzen. Mittlerweile akzeptierte ich diesen Untermieter darin. Er schrieb mit mir Geschichte und gab mir Stoff für dieses Buch. Er war die Inspiration für dieses Buch. Irgendwann würde ich ihm ein Exemplar davon schenken. Aber dazu mehr am Ende dieses Buches. Wer weiß, was noch alles kommen würde.

Matthias und ich trafen uns auf einem Parkplatz. Mein Auto konnte man durch Umklappen der Rückbank zu einem Raumwunder umfunktionieren. Wir parkten auf einem Feldweg und hofften auf störfreie Zeit.

„So, Herr Nachbar. Wer hätte das gedacht?", sagte ich.

„Ja, wer hätte das gedacht. Meine hübsche Nachbarin mit mir hier zum Ficken verabredet.", Er kam auf mich zu. Stürmisch küsste er mich und drückte mich auf unsere präparierte Liegefläche. Sein Körper war schwer und kräftig. Ich konnte gar nicht so schnell gucken wie der sich ausgezogen hatte und an mir rumzog. Er hatte es wirklich eilig.

„Hui, du hast es aber eilig.", bemerkte ich zwischen Zunge und T-Shirt.

„Ich bin so geil auf dich und will dich einfach ficken. Versaut. Heftig.", keuchte er und ging in die Tat über.

Ein Mann voller Tatendrang. Ich kam gar nicht dazu, ihn mit Mike zu vergleichen. Es war mein Nachbar, mit dem ich einfach sehr guten Sex hatte. Das erste Mal mit einem anderen Mann war immer aufregend und komisch. Die Erwartungen irgendwo weit nach oben gesteckt. Es war diesmal einfach nur Sex. Sehr guter, aber ohne Gefühl ohne Leidenschaft. Ich mochte ihn, als Nachbar halt. Zumindest war ich nicht in Gefahr, mich in ihn zu verlieben. Aber er war sehr erfahren, das merkte ich. Er wusste, was Frau gefiel. Mit ihm konnte ich echt Spaß haben. Versaut und verrucht. Ganz neue Wege gehen. Mir gefiel es. Was mir noch mehr gefiel war, dass ich mit ihm per WhatsApp schreiben konnte. Seine Frau nahm weder sein Handy, noch las sie seine Nachrichten. Sehr gut. Es war einfach toll, sich auszutauschen. Man lernte den anderen doch noch anders kennen. Das fehlte mir und Mike. Hach. Wenn das Wörtchen Mike nicht wäre....

Meine erotische Ausstrahlung hielt an und ein alter Bekannter namens Brian sprach mich in der Stadt zufällig an. Brian war ein spiritueller Mann, der Yogalehrer und Coach war. Er hatte mich vor paar Monaten beim Einkaufen angesprochen. Wir waren auf einer Ebene, gerade was das Coaching anging. Er suchte jemanden, mit dem er sein Geschäftsfeld weiter ausbauen könnte. Ich würde sehr gut zu ihm passen. Damals lehnte ich ab. Keine Zeit und kein Interesse. Unsere jetzige Begegnung war herzlicher und wärmer. Wir trafen uns wieder beim Einkaufen und beschlossen, in ein Café zu gehen. Er war natürlich verheiratet und natürlich chronisch untervögelt. Hätte ich mir ja denken können. Jeder zweite Ehemann war das vermutlich. Mit Brian konnte ich über Gott und die Welt reden. Er suchte ein Abenteuer und sagte mir offen ins Gesicht, dass er es sich mit mir sehr gut vorstellen könnte. Wir verstanden uns echt gut, aber er wirkte in keiner Weise erotisch oder attraktiv auf mich. Ich schüttelte den Kopf und staunte:

„Ach Brian, liegt das am Frühling oder warum seid ihr Männer so bescheuert?", lachte ich.

„Wieso? Das Leben ist toll und man muss es genießen. Du bist eine sehr attraktive Frau und mit dir könnte ich mir das gut vorstellen. Ich denke, uns beiden würde ein Abenteuer sehr guttun.", grinste er voller Überzeugung.

„Also im Moment bin ich sehr gut ausgelastet."

„Was? Dann bist du schon einen Schritt weiter als ich. Ich lass mich von meiner Frau nicht mehr bremsen. Wenn die um acht ins Bett gehen will, dann soll sie das machen. Ich muss mich um mich kümmern."

„Ja tu das. Wird dir guttun.", Aber nicht mit mir, dachte ich beinahe laut.

Wir verabschiedeten uns und ich kam aus dem Grinsen nicht mehr raus. Ich verstand die Männer und Ehemänner nicht mehr.

Am nächsten Morgen schrieb mir Matthias. Das war immer sehr nett.

Guten Morgen Süße!

Guten Morgen. Alles fit? Gestern hat mir einer einen Tipp gegeben. Im SPA Zentrum kann man einen Raum mit Whirlpool und Bett für 3h buchen. Wasser und Bett!!!

Von wem hast du denn den Tipp?

Von einem, der ein Abenteuer mit mir wollte. Sagte ihm aber, dass ich bereits voll ausgelastet sei. Den kenn ich schon eine Weile und irgendwie gefalle ich ihm wohl. Aber er ist nicht mein Typ. Schau dir mal die Homepage an.

Grins!!!! Mach ich später!

Redest du eigentlich mit einem Freund über deine Affären? Weiß das jemand?

Ach, das eine oder andere schon….

Okay und der hält dicht oder macht der das auch? Hm, welcher Mann würde das nicht auch gern machen?

*Der eine oder andere hat ebenfalls schon so etwas gemacht…
und die, bei denen das nicht so läuft, gehen halt in den Puff. Aber
Ficken tun die meisten. Wenn ich mal Überstundenabbau habe,
buchen wir das.*

*Warst du schon mal im Puff? Also ich kenn auch die ein
oder andere, die einen Lover hat.*

*Echt geil?! Sind die Frauen nicht anders. Naja es muss ja im-
mer einen Gegenspieler geben. Im Puff war glaub` schon jeder
Mann.*

*Ich lerne immer mehr dazu. Puff? Hm. Manchen Män-
nern traute ich das wirklich zu.*

*Ich sagte doch, dass du weitaus erfahrender bist als ich.
Also bei unserem nächsten Treffen muss ich dich mal aus-
fragen über Puff und Swingerclub. Den Rest lassen wir
dann ausfallen. Grins.*

Wie ausfallen?!?!?!?!?!!?!?

Mit Rest meinte ich das Ficken bei diesem Treffen. Aber wollte gleich Scherz schreiben. Auf keinen Fall ausfallen. Wie doof eigentlich Frauen sind. Die meinen der Mann sei treu und geht brav zur Arbeit und dabei...

Tja. Und bei deinen Freundinnen ebenso, gell?

Ja der Mensch ist halt nicht für Monogamie gemacht.

So sieht es aus! Und die Informationen bekommst du eh erst danach....

Ha, das ist fies!

Grins.

Tja und man hört immer mehr davon. Echt interessant. Jetzt bin ich wieder voll hibbelig.

Ja, ist geil. Jaja, die lieben Mädels. Und ich erst. So kann man vom anderen Geschlecht noch was dazu lernen wie jeder so tickt.

Auf jeden Fall habe ich jetzt Einiges von dir über Männer gelernt. Und ich denke, du hast noch mehr drauf.

Kann schon sein.

Und das macht es ja so reizvoll.

Ja wirklich. Und ich möchte aber auch Geschichten von deinen Mädels erfahren.

Erst nach deinen….

Klar!

Wie du mir…. Wird interessant. Bin neugierig.

Soso. Wir können viel voneinander lernen glaub` ich... was die Fantasien der Geschlechter angeht. Mädels tun immer so brav.

Ja, das glaub ich auch. Und Männer tun immer so bodenständig anständig, familiär. Tja alles nur Menschen mit Trieb und Gefühl. Und das Gute liegt so nah in der Nachbarschaft.

So ist es.

Hast du noch was laufen? Oder gibt es noch parallel jemand zu mir?

Nein! Habe sonst nichts am Start.

Hoffentlich fragt er mich nicht......mit Mike würde ich ja trotzdem jederzeit an gewagten Orten....

Wäre terminlich vermutlich schwierig zum Unterkriegen.

Ja, du reichst mir vollkommen aus. Kuss

Hey, wir sind erst am Anfang. Vielleicht reich ich dir nicht…

Glaub` ich schon.

Hm, ich denke auch. Stille Wasser und so….

Ich glaube, wir sollten uns schnellstmöglich wieder arrangieren.

Ja ja unbedingt.

Grins. Sabber

Du bist unmöglich.

Grins.

Das bist du gerne, hm?

Ja, stimmt. Meine Zunge hätte wieder Lust...

Oh, das würde mir echt gefallen. Bin total hibbelig.

Wenn es wärmer wird, treffen wir uns mittags auf ein Schäfer-stündchen im Freien... sehen, ausziehen, los gehts. So richtig schmutzig.

Oh sehr gerne. Du bist echt kreativ.

Hart und schmutzig.

Ok

Brauchst du das? Werde schon wieder geil.

Ja, gefällt mir besser als lange Schmuseeinheiten

Das finde ich richtig geil. Das steh ich echt drauf.

Auf Schmuseeinheiten?!?!

Nein, schneller, harter, schmutziger Sex!! Im Auto mit uns war ich richtig geil

Ja fand ich auch. Brauch da nur bisschen Zeit, um mich an dich zu gewöhnen.

Willst du mal etwas Neues ausprobieren, was du noch nicht gemacht hast?

Woher weißt du, was ich noch nicht gemacht habe?

Deshalb die Frage. Ich weiß ja nicht, was du bereits alles gemacht hast. Es geht ja nur um sexuelle Fantasien, die du hast und versuchen möchtest.

Und ich nicht was es alles gibt

So unerfahren bist du bestimmt nicht, wie du tust.

Wir können das ja auch beim nächsten Treffen mal be-sprechen...

Okay Süße

Bin da gerade überfordert

Haha.

Hoffe, du triffst dich jetzt trotzdem mit mir.

Mit dir? Ja klar!!!!!! Harten und schmutzigen Sex liebe ich.

Da sind wir uns ja einig. Ich auch

So Feierabend.

Ich fahr jetzt arbeiten. Bis bald.

Viel Spaß!!

Ich wusste nicht, was das mit Matthias war. Auch nach dem zweiten und dritten Treffen änderte sich nichts an meinen Gefühlen für ihn. Was für ein Glück. Ich empfand nichts weiter außer Sympathie. Er hatte es wirklich drauf. Aber es war halt einfach nur Ficken. Ohne Leidenschaft. Mittlerweile kam mir der Gedanke, ob das Mike auch nur wollte. Ohne viel Gefühl. Einfach nur Sex. Wahrscheinlich wurde ihm das mit meiner Gefühlsduselei und seinen aufkommenden Gefühlen zu heiß oder gefährlich. Vielleicht hatte ich es versaut. Manchmal kamen in mir diese Zweifel hoch. Hatte ich meine Chance vertan? Was hatte ich falsch gemacht? Hätten Mike und ich ein Paar werden können, wenn ich mich anders angestellt hätte? Mehr Liebe zeigen oder weniger? Ich zerbrach mir oft das Gehirn und haderte mit mir. Mir war Mike seit unserem ersten Treffen an der Cocktailbar ans Herz gewachsen und es war wohl von meiner Seite aus Liebe auf den ersten Blick und nicht Liebe auf den ersten Fick. Wenn er nicht auch diese Gefühle erwidert hätte, würde ich vermutlich leichter drüber wegkommen. Aber immer wieder kamen mir seine Worte bei unserem Abschiedstreffen in den Sinn:

„Du wirst immer einen Platz in meinem Herzen haben.", Dabei wischte er sich die Tränen ab.

Unglaublich. Das brach mir jedes Mal erneut das Herz. Es hatte einfach keine Chance zu heilen und ich konnte nicht frei werden. So sehr ich mich auch mit anderen Männern ablenkte oder mich ins Arbeiten stürzte, er klebte an mir und ich dachte mehrmals am Tag an ihn. Wirklich, es verging kein Tag, an dem ich nicht an ihn dachte. Wir telefonierten immer noch regelmäßig einmal die Woche miteinander. Locker lässig, ohne einen Termin auszumachen oder über die vergangene Zeit zu reden. Belanglos wie Freunde. Jedes Mal musste ich mich zurückhalten, um nicht zu sagen, wie sehr ich ihn vermisste. Vielleicht wollte er das hören. Ich wusste es nicht und traute mich auch nicht. An Ostern fuhr er samt Hund und Frau in den Urlaub. Er postete im WhatsApp Status Bilder. Ich sah sie mir an und beim letzten blieb mir kurzweilig das Herz stehen. Ich dachte, ich fiele um und stürbe. Ein Bild von ihm mit seiner Frau im Arm. Sie strahlten beide in die Kamera. Ich zählte nicht mehr, wie oft ich mir das Bild die letzten 24 Stunden angeschaut hatte. Immer wieder musterte ich ihn und seine Frau. Sie strahlte in die Kamera und Mike daneben. Er sah zufrieden aus. Ich betrachte das Bild so oft, bis es nicht mehr weh tat. Und es tat verdammt lange und verdammt weh. Ich dachte, ich hatte mir vorgenommen, keine Tränen mehr für Mike zu vergießen, aber es flossen an diese 24 Stunden sehr viele Tränen. Irgendwann war ich so fertig und sah es mir trotzdem immer wieder an. Irgendwann kam Friede in mir hoch. Das Kopfkino ließ nach. Natürlich hatte ich mir ausgemalt, was für einen tollen Urlaub sie miteinander haben würden. Dass sie endlich Sex mit ihm hatte und er wieder zufrieden und befriedigt war. Das sollte dann wieder paar Wochen anhalten. Vermutlich war es so, weil er sich schon mindestens vier Wochen nicht mehr mit mir getroffen hatte. Was soll´s. Ich musste damit klarkommen, ob ich wollte oder nicht. Auch Marie wollte ich nicht mehr mit meiner Gefühlsduselei belästigen. Mir war es langsam peinlich, mich wie ein Teenager zu benehmen. Teenie mit 42. Das passte wirklich. Ich wusste auch nicht, wie ich mit dem Liebeskummer umgehen sollte. Keine klugen Worte von Susanne halfen. Matthias half mir ein wenig drüber weg. Zumindest war ich körperlich befriedigt. Meinen Seelenfrieden suchte ich noch. Beim letzten Gespräch mit Mike erzählte er mir, dass sie über den Brückentag in Urlaub fuhren. Ich betete, dass er kein Foto in den Status setzen würde. Bitte nicht. Ich wusste nicht, wie ich das überstehen sollte.

Moin, schöne Frau. Bin wieder mal in Stuttgart. Lust auf Kaffee?

Robert, na klar. Habe immer Zeit für dich.

Schön freu mich. Bis später

Robert und ich trafen uns alle paar Wochen zum Kaffeetrinken. Dieses Mal war es irgendwie anders. Schon als Robert auf mich zu kam, spürte ich eine andere Energie in der Luft. Wir umarmten uns heftig und küssten uns auf die Wangen. Er umarmte kurz meine Taille und schaute mir mit seinen schönen blauen Augen tief in meine. Das berührte mich sehr und ich sah weg. Ich konnte es nicht ertragen. So ein tiefer Blick.

„Na, wie gehts dir?", fragte Robert voller Lebensfreude und bestellte sich Etwas zum Essen.

Mit ihm könnte Frau ein richtig lustiges lockeres Leben führen. Er lebte richtig und ließ es sich gut gehen.

„Du kannst mich in Albstatt besuchen kommen. Wir können dann saunieren. Meine Sauna unterm Dach ist endlich fertig."

„Hört sich gut an. Aber auch gefährlich.....", grinste ich.

„Ja meinst, das wird gefährlich mit uns zwei?", Er berührte kurz meinen Oberschenkel. Holla was wird das? Da ich die Männer sowieso nicht mehr verstand, machte ich mir nicht wirklich einen

Kopf darüber. Ich war aufgeklärt nach den Gesprächen mit Matthias.

Wir hatten meist nur eine Stunde Zeit, da er zur nächsten Baustelle musste. Es war immer sehr nett. Ich begleitete ihn zum Auto. An seinem Auto nahmen wir uns in den Arm und verabschiedeten uns. Robert küsste mich auf den Mund. Kurz, aber intensiv.

„Tschüß, schöne Frau.", Er küsste mich nochmal, hielt meine Hand ganz lange und ging weg, bis unsere Finger auseinander glitten.

Leicht verwirrt saß ich ihm Auto. Was war das mit Robert? Ich konnte das überhaupt nicht zuordnen. Er machte nicht die Anstalten, mit mir in Bett zu gehen. War verhältnismäßig anständig.

War schön dich zu sehen...

Robert verwirrte mich total. Ich merkte schon, dass es zwischen uns funkte. Schenkte dem aber keine Bedeutung. Vielleicht war ich mittlerweile auch zu abgebrüht geworden. Die Männer wollten mich nur ficken und Abwechslung im Bett. Einige von denen oder eigentlich alle waren chronisch untervögelt und suchten einen Weg, der Alltagskost zuhause zu entkommen. Was Robert wollte, wusste ich nicht. Fragen wollte ich auch nicht. Ich ließ es auf mich zu kommen. Wie so vieles im Leben. Anja meinte ja, man solle die Dinge als Geschenk nehmen und nichts erwarten. So tat ich es.

Hi, wie geht es dir eigentlich. Frank

Hi Frank gut und dir? Frühschicht diese Woche?

Nein, spät. Alles gut bei mir. Vermisse dich. Würde dich gerne wiedersehen.

Kann gerade nicht. Habe zusätzliche Job und komm zu gar nix. Kein Land in Sicht.

Pass auf dich auf. Keinen Stress wegen mir. Ich kann warten.

Es war irgendwie ein gutes Gefühl, von so vielen Männern begehrt zu werden. Das fehlte mir nach der jahrelangen Fehlbehandlung meines Mannes wirklich. Aber gleich von so vielen? Why not? Was für ein geiles Leben ich führte. Ich beschloss, zufrieden zu sein. Alles andere brachte mich nicht weiter. Das Leben hatte so viel zu bieten, auch als verspäteter Teenie.

Ich lebte all die Jahre wirklich hinter dem Mond, stellte ich fest, als Matthias mir von seinem Swingercluberlebnis erzählte. Ehrlich gesagt, interessierte mich das schon lange und ich war neugierig, wie es dort war. Vielleicht würde ich mit Matthias dort `mal hingehen. Mit ihm könnte ich mir das wunderbar vorstellen.

„Okay, wie versprochen erzähle ich dir von meinem Swingercluberlebnis. Wir sind ja jetzt fertig.", grinste er und wischte sich den Schweiss von der Stirn.

„Meine geile Nachbarin. Also, ich hatte vorher angerufen, wie das dort so funktioniert mit Eintritt, bezahlen und als Single-Mann. Wollte das erste Mal alleine hingehen. Also du musst dir das so vorstellen. Man geht rein, links sind die Umkleiden und dort kannst auch duschen. Manchmal alleine oder es kommen andere dazu. Die einen duschen nur, andere wiederum ficken in der Dusche. Als ich zum Duschen ging, hat eine Frau ihrem Partner einen geblasen. Ich stellte mich daneben und spielte an meinem Ding `,rum. Der Mann schaute zu mir rüber und sagte zu seiner Frau, sie solle mir auch einen blasen. Ich sollte aber nicht in den Mund spitzen." erzählte mir Matthias, als ob er von seinem letzten Urlaubserlebnis erzählte.

„Wie war das für dich? Der hat doch zugeschaut?", fragte ich neugierig.

„Ja, schon komisch. Das musst du komplett ausblenden. Später in einem Bett stellte sich ein Typ neben mich und hat genau zugesehen, wie ich eine Frau fickte. Das ist mal komisch. Als ich fertig war, ließ sie sich noch von ihm ficken."

„Puh, ob das was für mich wäre...."

„Ja, wie gesagt komisch. Musst ausblenden. Es gibt halt verschiedene Räume. Einer ist recht dunkel. Darin sind Matratzen auf dem Boden, eine Röhre, in die man reinkriechen kann oder oben drauf liegen. Ich bin mal in die Röhre gekrochen und vor mir war ein Mann, der eine Frau von hinten hergenommen hat. Als der fertig war, habe ich sie hergenommen."

„Hoffentlich mit Gummi?!"

„Ja klar, liegen überall rum. Schon irre. Man hört halt überall Geschrei und Gestöhne. Auf den Gängen werden Männern einer geblasen oder Frauen von hinten genommen. Es gibt auch eine Sauna. Da kannst es auch drin machen."

„Und hast jemand gekannt?"

„Nein, zum Glück nicht. Sitzen ja alle in einem Boot.", grinste Matthias.

„Interessieren würde mich das schon mal. Aber teilen will ich dich dann nicht.", stellte ich klar.

„Okay, ich dich auch nicht. Dort könnten wir uns austoben. In einem Raum hängt eine Schaukel. Dort kannst du ein bisschen schaukeln und ich fick dich nebenher. In einem anderen Raum

lagen alle übereinander. Auch ein schwules Paar hat es darin ge-
trieben. Siehst halt alle möglichen Typen. Auch hübsche Frauen
sind dort."

Ich fand seine Erzählungen ziemlich interessant und merkte,
dass ich all die Jahre wirklich in einem Dornröschenschlaf geschlafen hatte. Mittelmäßigen Sex, Hausmannskost, total blauäu-
gig. Mit Matthias konnte ich eine schmutzige Seite ausprobieren
und Einiges nachholen. Und beim Nachholen war ich........

Nachholen hoch 2

Ich lief ihm direkt in die Arme, als wir in den Speisesaal zum Abendessen gingen. Er sah mich an und ich ihn. Ich lächelte und begrüßte ihn freundlich. Er guckte mich an und ich wusste sofort, dass er mich wiedererkannt hatte. Schnell huschte ich Anke hinterher, die schon über beide Ohren grinste. Das konnte ich sogar von hinten sehen. Trotz ihrer üppigen Locken zogen sich ihre Ohren auffallend nach oben. Das musste ein sehr breites Grinsen sein.

Sofort schossen mir wieder die Gedanken in den Kopf. Tanzen, Alkohol, heiße Flirts und 24-Stunden Spuckerei. Unser letztes Mädelswochenende im Hotel Pfau hatte ziemlich chaotisch für mich geendet. So ziemlich alle Mädels vom letzten Mal gaben mir ungeschönt ihre Erinnerungen wieder. Vor allem Anke. Sie drehte sich um und grinste wirklich mehr als breit:

„Na, wiedererkannt? Aber heute kein B52."

„Auf gar keinen Fall. Diesmal pass ich auf. Und ja, ich habe den netten Barkeeper vom letzten Mal wiedererkannt und er mich scheinbar auch.", Ich verzog peinlich gerührt mein Gesicht.

Ich saß am Tisch und schwelgte in meinen Erinnerungen. Es war damals schon ein wunderbares Wochenende. Ich hatte schon lange nicht mehr so viel Spaß gehabt. Ob es dieses Wochenende auch so schön werden würde? Die Latte der Erwartungen unserer Mädels war sehr hochgesteckt.

Ich würde wie immer mein Bestes geben und zur Not mit vollem Körpereinsatz.

Ich wurde schlagartig aus meinen wirren Gedanken gerissen, als mir der besagte Barkeeper die Suppe servierte. Er hatte diesen besonderen Blick drauf, der wie Magie auf mich wirkte.

Er sagte kein Wort, sondern stellte mir den Teller vor die Nase und schaute mir kurz tief in die Augen. Der Blick traf mich tief im Inneren und ich vergaß zu essen.

„Hey, Nadine, nicht träumen, ESSEN!", spottete Anke.

Ich sah sie an, lächelte und aß. Na, warte Anke!

Das Abendessen zog sich ziemlich in die Länge. Ich wollte endlich in die Bar und meinen Spaß haben. Mein Hintern klebte am Kunstlederstuhl fest. Ich beschloss, kurz aufs Klo zu gehen.

Ich lief durch die Bar und direkt in die Arme des Barkeepers.

„Na, kennst du mich noch?", fragte ich frech.

„Ja natürlich. Wieder bei uns zu Gast?", entgegnete er cool und sah mich wieder so an.

„Ja, hat uns letztes Mal so gut gefallen. Naja, bis auf den Schluss.", meinte ich.

„Schön, wenn es dir gefallen hat. Habe schon noch ein paar Erinnerungen. Zum Schluss ging es dir nicht so gut.", sagte er mir. Seinen Namen wusste ich nicht mehr.

„Erinnerungen habe ich nicht mehr so viele. Aber dich kenne ich noch.", erwiderte ich und ging weiter.

Er sah mir hinterher. Das würde wieder ein witziger Abend werden. Wenn er dann endlich mal beginnen würde.....

Gegen elf konnten wir dann alle zum Cocktailtrinken in die Bar gehen. Endlich. Ich war schon nervös. Ich erinnerte mich schnell wieder an so manches Detail. Die Theke, an der mir dieses Teufelszeug ausgegeben wurde. Die Rundecke und die Kuschelhocker. Es war alles hübsch dekoriert. Wir stellten uns an einen Stehtisch und sahen uns die Cocktailkarte an. Der Barkeeper sah neugierig und ein wenig zurückhaltend zu uns rüber. Er musterte mich, das bemerkte ich. Ich nahm meinen Mut zusammen und ging an die Bar.

„Na, was möchtest du trinken?". fragte er mich.

„Das gleiche wie letztes Mal."

„Ha, woher soll ich das noch wissen?"

„Du weißt das bestimmt noch. Groß, bunt und lecker."

„War das mit Wodka oder Gin?"

„Hm, weiß nicht." Ich zog meine unschuldigst blickende Miene auf.

„Ich mach dir was.", nickte er mir zu.

Ich beobachtete ihn, wie er die Cocktails mixte und er sah immer wieder zu mir rüber.

„Na, Nadine, fängst schon wieder an mit Saufen?", stolperte Anke dazu.

„Ganz langsam fang` ich an."

Die Musik war nicht besonders gut. Kaum jemand fing an zu tanzen und ich kam auch überhaupt nicht in Stimmung.

Ich schlenderte zum Barkeeper nach hinten und stellte mich zu ihm.

„Darf ich mir wieder Lieder wünschen?"

„Darfst du, aber ich weiß nicht, ob ich es spielen werde.", grinste er frech zurück.

„Dann wird hier aber niemand anfangen mit Tanzen."

„Okay, ich mach Musik und du sorgst für Stimmung."

„Okay, abgemacht. Und jetzt lass uns was Gutes auflegen."

Wir standen nebeneinander am Laptop und suchten nach Musik. Unsere Arme berührten sich leicht und wir drehten unser Gesicht zueinander. Er sah mich an, lächelte kurz und streichelte mir kurz über den Arm. Es fühlte sich ganz sanft und zart an.

„Und was hast noch für Erinnerungen an letztes Jahr?", fragte ich ihn neugierig.

„Hm, nicht viel, aber das Wichtigste weiß ich noch.", sagte er und machte sich wieder an seine Cocktails.

„So, hast was Gutes rausgesucht?", fragte mich Anke und flog förmlich über die leere Tanzfläche.

Wir tanzten wild umher und genossen den Abend.

Meinen Vorsatz, nicht so viel wie letztes Mal zu trinken, befolgte ich brav. Ich hielt mich an die sauferfahrene Anke und trank brav Wasser zwischendurch.

Wir stellten uns an die Theke und plauderten. Der Barkeeper warf uns immer wieder Blicke zu und machte seine Späße. Als Anke aufs Klo ging, nutzte er die Chance und beugte sich zu mir.

„Schön, dass ich dich wiedersehe. Letztes Mal nahm es ein jähes Ende mit dir."

„Hör mir bloß auf. Reden wir lieber nicht davon.", Das war mir echt peinlich.

„Mir war es drei Tage schlecht danach.", erzählte ich ihm.

„Oh, das ist heftig. Ich habe noch eine schöne Erinnerung an den Abend."

„Und die wäre?", Ich beugte mich zu ihm.

„Ich erinnere mich noch genau an unseren Kuss."

„Ich mich auch. Dort hinten im Wellnessbereich."

„Ja, wir sind durch den Kuschelkeller und dann Richtung Schwimmbad."

„Echt im Kuschelkeller? Daran kann ich mich nicht erinnern. Den wollte ich doch zu gern sehen."

„Na, vielleicht ein anderes Mal," Er schnitt die Zitronenscheiben weiter, da genau in diesem Moment wieder Anke neben mir auf dem Barhocker landete.

„Was du hast schon fast wieder leer getrunken?", staunte Anke und deutete auf mein halbvolles Glas hin.

Einen Moment lang schweifte ich mit meinen Gedanken ab. Letztes Jahr hatte ich Robert hier kennengelernt. Es war ein richtig toller Abend mit tollen Begegnungen. Robert wünschte mir vor unserer Abreise noch ein tolles Wochenende. Er könnte leider nicht kommen. Schade. Und dann kam dieses Lied von Matthias Reim „Verdammt ich lieb dich, ich lieb dich nicht, verdammt ich brauch dich, ich brauch dich nicht...... la la la" und mein Herz wurde mit der gewohnten Schwere gefüllt. Ich dachte natürlich an

Mike und wünschte mir so sehr, ihn endlich wieder sehen zu können. Es verging immer noch kein Tag, an dem ich nicht an ihn dachte. Es verging kein Tag, an dem ich mir so sehr wünschte, dass er sich melden würde. Es verging kein Tag, an dem ich mich selbst für so viel Naivität tadelte. Es verging kein Tag, an dem ich mit mir haderte. Was machte ich hier eigentlich? Ich war wirklich unglücklich. Mein Herz schlug für einen anderen, verheirateten Mann, der sich seinen Gefühlen nicht sicher war und versuchte, eine perfekte Ehe zu führen. Shit. Ich merkte mittlerweile, dass ich meinen Mann ertrug, aber nicht liebte. Es war eine WG, die ihren Tribut forderte. Ich verstellte mich, war nicht die lebensfrohe Nadine. Einerseits tat er mir leid, weil ich ihm nicht die Liebe geben konnte, die er verdient hätte. Andererseits hatte es, ehrlich gesagt, in unserer Partnerschaft immer nur ein Funktionieren gegeben. Wir konnten nicht miteinander, aber irgendwie auch nicht ohne einander. Und da waren noch die Kinder. Wie würden sie eine Trennung verkraften? Wie könnten wir da alle unbeschadet rauskommen? Fragen über Fragen, Gefühle über Gefühle...... Manchmal wusste ich nicht, wie ich damit klarkommen sollte. Ich musste auf mich achten. Das war mir klar. Essen und mir Gutes tun, da es sonst keiner tat. Außer Anke in diesem Moment, die mich aus meinen Gedanken riss:

„Komm wir sollten mal ein Wasser trinken. Sonst geht's dir wieder schlecht.",

„Ok, das machen wir.", sagte ich brav. Mir ging es doch schon schlecht. Der Cocktail wirkte schon. Mein Gefühlschaos startete zur bekannten Gefühlsachterbahn und riss mich gnadenlos mit.

Ich musste mich ablenken und tanzte. Ein älterer Herr in Anzug kam in die Bar und setzte sich an die Bar. Ganz alleine mit seinem Bier. Er beobachtete uns und redete mit dem Barkeeper.

Dieser sah immer wieder zu mir rüber und verzog aber keine Miene. Männer sind schon seltsam. Am meisten ärgerte ich mich über mich. Das konnte ich am besten. Wie konnte ich mich wegen Männern so hängen lassen? So bescheuert sind doch nur Frauen. Manche zumindest.

Ein Lied und eine Hand, die meine Hand schnappte, liess mir keinen Raum für aufkommendes Selbstmitleid. Der Herr im Anzug drehte sich schlagartig um und ergriff die Chance, mit mir Mambo zu tanzen. Eine Wahl hatte ich glaub nicht wirklich. Er wirbelte mich hin und her und ich rief ihm zu: „Ich kann gar keinen Mambo tanzen."

Er zuckte mit den Schultern und schleuderte mich förmlich hin und her. Wie peinlich. Irgendwann gab ich auf zu zählen, wie oft ich ihm auf die Füße getreten war. Er bemühte sich redlich, mich zu führen und eine Kurzeinweisung ins Tanzen zu geben. Tja, wirklich gefruchtet hatte es nicht.

Gott sei dank, das Lied war bald zu Ende.

„Nächstes Mal darfst du tanzen, Anke."

„Auf gar keinen Fall. Ich tanze nur Lambada und das nur mit einem bestimmten Kollegen."

„Das kann der bestimmt auch.", Ich deutete auf den Anzugträger, der uns schon wieder den Rücken zugekehrt hat. Er lehnte an der Bar und trank sein Bier, als ob nichts gewesen war.

Es waren sehr wenige Männer in der Bar und deswegen fiel uns gleich jeder Mann auf, der sein Tanzbein auf der Tanzfläche schwang. Sascha tanzte sehr gut für einen Mann. Er hatte einen tollen Hüftschwung und tanzte mit allen möglichen Frauen, die Standardtanz mochten. Ich auf keinen Fall. Ich setzte mich an die Bar, bestellte mir noch einen Cocktail.

„Was willst haben?" fragte mich der Barkeeper freundlich und professionell.

„Hm, keine Ahnung."

„Das habe ich nicht."

Ich streckte ihm die Zunge raus und sagte, er solle mir irgendwas machen.

„Vorher hattest du was mit Gin, dabei solltest du bleiben. Nicht so viel durcheinander Trinken."

Ich nicht zustimmend und erinnerte mich an meinen Absturz bei unserem letzten Mädelswochenende.

Der Barkeeper namens Ben schnitt flink und gekonnt die Birne in Streifen und dekorierte fast schon gekünstelt mein Glas. Er stellte es vor mir ab und unsere Hände berührten sich. Länger als nötig. Unsere Blicke trafen sich.

Und dann kam wieder Anke. Sie landete wieder neben mir auf dem Barhocker und bestellte sich auch nochmal was zum Trinken.

„Den einen noch und dann geh ich ins Bett."

„Okay, ich dann auch." Ich wollte auf gar keinen Fall hier alleine zurückbleiben. Wer weiß, was dann wieder passieren würde.

Am nächsten Morgen hatten wir unser Programm und ich war gut gelaunt. Der Tag fing nicht mit Gedanken an Mike an. Ich war so beschäftig, meine Yogaübungen richtig zu machen und versuchte, den Schmerz weg zu atmen. Das Leben war wunderbar.

Ich freute mich abends wieder auf die Bar. Tanzen war meine große Leidenschaft. Aber tanzen nur für mich alleine. Beim Tanzen merkte ich ganz deutlich, dass ich mich nicht gerne führen ließ. Meine Eigensinnigkeit hinderte ein harmonisches Tanzen. So begründete ich mal meine Unfähigkeit, mit einem Partner zu tanzen. Vielleicht war es wie beim Sex. Mit jedem Partner anders und aufregend. Übung macht bekanntlich aus jedem einen Meister.

Ben freute sich heute sehr, mich zu sehen. Wir standen zuerst wieder an einem separaten Tisch. Die Musik war gähnend langweilig. Ich beschloss, wie gestern zu ihm rüber zu schlendern und nach besserer Musik zu fragen.

„Hey, darf ich mir heute wieder 'was wünschen?"

„Darfst du, aber erst wenn ihr euch alle an die Bar setzt. Dann kann ich auch besser mit dir reden."

„Okay, und dann darf ich mir was wünschen?"

„Vielleicht, wenn es mir auch gefällt."

„Nee nee, so funktioniert das nicht. Ich erfülle meinen Part und du deinen."

„Setz dich erst mal her und dann schauen wir."

„Klare Regeln zu anfangs. Ich setz mich mit meinen Mädels an die Bar und du spielst unsere Lieder."

„Also gut, diskutiere nicht so viel, sondern handle."

Gesagt, getan. Ich stellte mich neben ihn an den Laptop und unsere Arme berührten sich. Wie festgeklebt blieben sie aneinander. Er fühlte sich herrlich weich und warm an.

„Ich habe echt schöne Erinnerungen an unser letztes Mal."

„Wie letztes Mal?! Hatten wir Sex miteinander?", entgegnete ich übertrieben entsetzt.

„Nein, hatten wir nicht. Keine Sorge."

„Puh, wenn ich das auch nicht gewusst hätte, würde ich ab sofort keinen Alkohol mehr anrühren."

Ben musste wieder seine Cocktails mixen und wir würden später unsere Erinnerungen oder vielmehr seine Erinnerungen austauschen.

Wir tanzten wieder mit einer Gruppe von anderen Frauen und hatten unseren Spaß.

Ben gab uns einen Schnaps aus, obwohl ich mir fest vorgenommen hatte, keinen mehr zu trinken.

Aber irgendwie war die Stimmung danach.

„Wasser trinken!", ermahnte mich Anke. Ich hatte zu Beginn unseres Wochenendes Anke angeheuert, mich im Saufen zu schulen. Sie trank sehr viel, hatte aber immer noch einen relativ klaren Kopf. Ihr Trick war, zwischendurch Wasser, mindestens einen halben Liter, zu trinken.

Ich trank brav mein Wasser und Ben sah mich an. Es war anders als gestern.

„Warum bist du gestern so früh und schlagartig gegangen?"

„Ich wollte nicht von Anke zurückgelassen werden."

„Warum nicht?"

„Ähm, weiß nicht." Mehr fiel mir nicht ein. Warum eigentlich? Irgendwie hatte ich Bedenken, dass mehr passieren könnte.

Sascha kam auch wieder und gesellte sich unter uns Frauen. Allein unter Frauen, das passte zu ihm. Er genoss die Aufmerksamkeit. Sascha war groß und kräftig. Er hatte einen Vollbart und lange Haare, die er ab und zu offen oder zum Zopf trug.

Es wurde spät oder früh Richtung Morgen und die meisten Mädels von uns gingen ins Bett.

Sascha wünschte sich noch ein Lied. Da keine tanzfähige Frau mehr da war, wählte er mich.

„Ich kann aber nicht tanzen."

„Egal, ich führe besser, als du wahrscheinlich tanzen kannst.", entgegnete er und zog mich ruckartig an sich. Keine Ahnung, was das für ein Lied war. Ich flog förmlich über die Tanzfläche. Mal schleuderte er mich weg und hielt mich im letzten Moment fest. Dann klebte ich an ihm und er drückte seinen Unterkörper an meinen. Dann drehte ich mich und er sich. Ich flog und klebte. So ging das eine gefühlte Ewigkeit. Ich war heilfroh, als das Lied aus war.

„Nächstes Mal versuchen wir es im Rhythmus.", sagte er trocken zu mir.

Ich lachte. Coole Antwort auf meine Tanzfähigkeit.

„Anke, nächstes Mal darfst du."

„Nee, du weißt doch, auf was ich tanze."

„Lambada kann der bestimmt auch." Ich zwinkerte ihr zu.

Sie strahlte über beide Backen.

Mittlerweile waren wir nur noch zu viert.

Ben schenkte uns einen Schnaps oder sowas ähnliches ein. Auf unsere Widerrede bekamen wir einen strengen Blick zugeworfen. Also fügten wir uns und schluckten das Zeug runter. Gar nicht so übel.

„Nächste Runde."

„Erst Wasser."

„Wie Wasser? Wasser ist zum Waschen oder Baden da."

„Ich brauche trotzdem auch Wasser zum Trinken.", konterte Anke.

„Na gut!", Missmutig gab uns Ben eine Flasche Wasser und schüttelte den Kopf.

Anke blieb beharrlich bei ihrer Theorie, zwischendurch Wasser zu trinken.

Wir unterhielten uns mit Sascha, während Ben die Bar aufräumte.

„Ich muss langsam ins Bett.", jammerte Anke.

„Wie Bett, der Abend ist noch jung. Jetzt habe ich Feierabend und du willst ins Bett.", erwiderte Ben mit einem strengen Blick. Also das beherrschte er sehr gut. Ob seine Frau zuhause auch so spurte?

„Okay, noch ein bisschen."

Anke unterhielt sich mit Sascha und Ben stellte sich mir gegenüber.

„So, zu meinen Erinnerungen. Ich hatte dir letztes Mal meine Telefonnummer auf einen Zettel gegeben. Und was finde ich später, als du gegangen bist?" Ich sah ihn fast schon beschämt an.

„Den Zettel hier auf der Theke liegen."

„Oh, echt? Du hast mir einen Zettel gegeben? Dann musst du ihn mir nächstes Mal irgendwo reinschieben."

„Ich soll dir den Zettel irgendwo reinschieben?"

Hatte ich das echt gesagt? Oh meine Güte, der Alkohol.

„Ähm, in die Hosentaschen!"

„Okay, das mach` ich nachher."

Der wusste aber genau, was er wollte. Sowas beeindruckte mich immer sehr.

Apropos. Sascha rückte immer näher und drängte seinen warmen Körper an meinen.

Ben streichelte mir von vorne die Hand. Hilfe, was war das?

Wir kippten den dritten Schnaps runter. Ich schüttelte mich und Anke jammerte wieder, dass sie ins Bett müsse. Das machte sie noch ca. viermal bis sie dann aufstand und zu mir kam.

„Kommst du mit?"

„Wie jetzt schon?"

„Es ist vier Uhr!"

„Sag ich doch: jetzt schon?"

„Mach` was du willst, ich gehe. Ich schlaf` sonst gleich hier ein."

Auch auf die Widerreden von Ben und Sascha reagierte Anke nicht anders, sondern drehte sich um und torkelte nach oben.

„So und wir trinken noch Tequila."

„Oh nein, nicht für mich. Mir ging es letztes Mal schon richtig schlecht."

„Das ist ein richtig Guter. Die Flasche kostet 70 €."

„Einen."

Gesagt getan, das Glas stand vor mir und neben mir presste sich Sascha an mich ran.

„Erinnerst du dich an meinen Kuss?", wollte Ben wissen.

„Ja, tu ich."

„Das war richtig gut."

„Ja, so viel weiß ich noch."

„Ich geh mal aufs Klo.", sagte Sascha und trollte sich davon.

Ben und ich waren allein. Er setzte sich neben mich und küsste mich. Seinen Lippen waren hart und schmeckten salzig. Mein Kopf schwirrte. Sein Griff um meine Hände wurde stärker.

Mittlerweile war Sascha wieder da und Ben gab ihm ein Bier aus. Davon hatte er bestimmt schon genug. Er wollte gehen, aber Ben ließ ihn nicht.

„Wir trinken noch einen Tequila.", Er stellte die gefüllten Gläser vor mir ab.

„Oh nein, das Zeug bekomm' ich nicht mehr runter."

„Jetzt los.", Beide kippten ihren Kopf in den Nacken.

„Nein, echt nicht. Ihr habt viel mehr Masse als ich." Schon alleine der Gedanken daran schüttelte mich.

Ich stellte ihn Sascha hin. Er schüttelte den Kopf. Ben wollte ihn auch nicht.

„Ich trinke ihn nur aus deinem Bauchnabel."

„Was?!"

„Ja, entweder trinkst du oder ich ihn aus deinem Bauchnabel."

Krass, solche Spielchen kannte ich nicht. Aber ich wusste, dass Mike so seine Frau kennengelernt hatte, in dem er ihr aus dem Bauchnabel trank. Vielleicht hätte ich nicht an Mike denken sollen, weil mich das fast schon wütend machte. Ich überlegte, was ich tun sollte.

„Und? Du trinkst ihn oder wir?"

„Schau` mal, du kannst dich hier auf den Tisch ablegen oder hier auf die Theke."

„Aber Ben, der Tisch ist doch viel zu kurz. Da hängen ja die Beine runter und sie bekommt noch Blutleere im Gehirn.", fachsimpelten die beiden.

„Aber die Theke ist recht schmal. Nicht, dass sie runterfällt."

„Wie schmal? Mein Hintern ist doch nicht so breit!", mischte ich mich ein. Völlig empört.

„Dann probiers´ aus.", Sascha griff schon nach meinen Beinen.

„Halt, halt, das bekomm ich alleine hin." Himmel, nachher lässt der mich fallen. Ich war ja nicht gerade leicht und er besoffen. Ich kletterte vom Barhocker auf die Theke. Starrte die beiden an, grinste und legte mich hin. Was für ein Leben. Hoffentlich geht das gut aus. Aber ich war neugierig auf die beiden. Zwei Männer gleichzeitig? Ich fragte mich immer wieder, wie das funktionieren würde, mit zwei Männern Sex zu haben. Aber irgendwie bekamen die beiden das gut hin. Männer können sich sehr gut arrangieren.

Was ich aus meiner Erfahrung sagen konnte. Der eine schob mein T-Shirt hoch, der andere passte auf, dass ich nicht von der Theke fiel. Ich spürte, wie der Tequila auf meinen Bauch gegossen wurde und langsam über ihn floss. Ein wenig glitt zu meinem Rücken. Vermutlich war mein Bauchnabel zu klein. Ben saugte und leckte an meinem Bauch. Ich lachte los, da ich so kitzelig war. Sascha schaute zu und hielt mich tapfer fest. Jetzt war Sascha an der Reihe und Ben kam zu mir hoch. Sascha schlürfte die Flüssigkeit aus meinem Bauchnabel und leckte auffallend tief Richtung Jeans. Soweit konnte der Tequila gar nicht kommen, so heftig wie er anfing zu schlürfen. Ich war völlig unter Strom. Unten Sascha, der meinen Bauch leckte und oben Ben, der mich küsste. Ich schob beide weg und meinte:

„Ihr seid ja echt der Hammer. Macht ihr das öfters so zu dritt?"

Sie lachten beide los. Eine Antwort bekam ich nicht, sondern einen weiteren Erfahrungsschatz.

„Also normalerweise gehört da Salz und Zitrone dazu.", meinte Sascha.

„Dann hol dir das Zeug.", erwiderte Ben forsch und küsste mich.

„Wo ist das?" Sascha kramte hinter der Theke. Ben ließ entnervt von mir ab und ich konnte meine Gedanken sortieren. Was machte ich hier? Ich lag in einer Hotelbar auf der Theke und ließ mich von zwei Männern behandeln. Oh mein Gott!

„Hier unten in der Schublade sind die Zitronen. Hinter dir ein Messer."

Sascha kramte und kramte. Ben versuchte mich zu küssen.

„Moment, der schneidet sich ja noch mit dem riesigen Messer.", sagte ich erschrocken.

„Sascha, leg das Ding weg und hole hinter dir ein kleineres Messer raus.", Ben schüttelte den Kopf und beugte sich wieder zu mir runter.

Sascha wurde fündig und kam stolz beladen zu uns.

Irgendwie machte mich der Alkohol willenlos. Ich konnte weder agieren noch reagieren. Auf meinen Körper wurde Salz gestreut und Tequila geschüttet. Sascha steckte sich die Zitrone in den Mund und steuerte auf meinen Mund. Er gab mir mit den Zähnen die Zitrone in meinen Mund. Ich drehte sie in meinem Mund hin und her und nahm sie wieder raus. Sascha beugte sich zu mir runter und ich spürte seinen weichen Bart in meinem Gesicht. Ich hatte noch nie einen Mann mit Vollbart geküsst. Aber auch noch nie einen Mann, der biss. Sascha konnte nicht küssen. Er biss mich. Da waren keine Lippen zu spüren, sondern nur die Zähne, die an meinen Lippen hing. Hilfe, ich schob ihn weg. Jetzt war Ben an der Reihe. Er hatte weitaus mehr drauf und es war megaero-tisch, was er mit seiner Zitrone im Mund so alles anstellen konnte.

Er rieb die Zitrone bis zu meinem BH hoch und quer über den ganzen Bauch. Er ergründete den Reißverschluss meiner Hose.

„Hier nicht.", sagte ich entschlossen. Weiter wollte ich nicht. Ich konnte mir nicht vorstellen, mit zwei Männern hier in der Hotelbar Sex zu haben. Mit zwei Männern gleichzeitig?!? Hm. Hätte was.

„Süße, du wirst es nicht bereuen."

„Oh doch, mit Sicherheit. Mit zwei wildgewordenen Männern hier allein ist mir doch zu gefährlich."

„Okay, wir bleiben hier am Bauch. Du gibst die Regeln vor."

Mein Mund schmeckte nach Salz und Tequila.

„Aber bitte mit Sahne.", fing Sascha an zu singen und sah mich lüstern an. Zum Glück war Ben dabei. Ich hätte sonst echt Angst von ihm bekommen.

„Du willst Sahne?", fragte Ben.

„Ja, kennst das nicht? Hier Sahne und hier Erdbeeren.", dabei strich er mit den Fingern über meine Brüste und vom Brustbein bis beinahe zum Schambein. Meine Hand stoppte ihn kurz davor.

„Für mich nicht, danke.", erwiderte ich trocken. Schon allein der Gedanke an Sahne ließ mich schütteln. Mir war langsam schlecht.

Ich setzte mich auf. Ben hob mich fest und streichelte meine Hand.

„Halt sie fest. Ich hol die Sahne.“, Er verschwand in der Küche.

Sascha hielt sich an mir fest und versuchte mich nochmal zu küssen oder eher zu beißen. Also das war echt komisch. So einen Kuss mit Biss kannte ich nicht. Vielleicht machten das manche so, aber ich fürchtete um meine Lippen. Hoffentlich kam Ben gleich wieder. Lange konnte ich Sascha nicht zurückhalten. Immer wieder setze er zum Biss an. Ich setzte mich schließlich auf. Die Beine ließ ich locker hängen. Sascha drückte sich an mich und versuchte sich zwischen meine Beine zu schieben. Ich drückte die aber so fest zusammen, dass sie sich nicht öffnen ließen. Er fummelte an mir rum und gaffte mich mit glasigem Blick an.

Ben bog um die Ecke. Gott sei Dank. Er hatte einen riesengroßen, silbernen Sahnesprüher dabei. Mir wurde sofort schlecht. Sascha freute sich. Ich staunte über diese zwei Kerle, wie sie miteinander harmonierten. Die machten das bestimmt öfter...

„Mach den Mund auf!“, befahl Ben. Sascha öffnete den Mund und bekam eine Ladung Sahne in den Mund.

„Du auch?“, fragte mich Ben.

„Auf gar keinen Fall. Sonst spucke ich.“, Ich hatte von den Sahnespielchen schon gehört, aber noch nie erlebt. Wahnsinn.

„Dann auf deinen hübschen Bauch.“

Gerade rechtzeitig konnte ich meine Hose öffnen und die Jeans auseinanderziehen, damit nicht alles in meinem Schritt landete. Die Sahne glitt an meinem Bauch runter. Er wollte mir eigentlich ein Smiley drauf sprühen.

„Die Frau ist so heiß, da rutscht die Sahne runter."

Ben drückte sein Gesicht in meinen Bauch und leckte die Sahne weg. Er saugte und wanderte dabei immer tiefer Richtung Slip. Er saugte sehr heftig. Meine Güte, es fühlte sich irre an. Ich wollte aber nicht, dass es noch intimer werden würde. Ich griff nach seinem Gesicht und zog ihn hoch.

„Nein, weiter nicht.", Er verstand.

Jetzt nahm Sascha das Gerät in die Hand und spottete über den missglückten Smiley von Ben.

Er sprühte so viel auf meinen Bauch, dass mir das Zeug in die Hose glitt. Er machte sich gleich an die Arbeit und verfolgte die Sahne, die sich ihren Weg über meinen Slip bahnte. Verfolgt von Saschas Zunge. Auch ihn musste ich stoppen. Saschas Bart und Nase waren mit Sahne beschmiert.

Ben half ihm, die Sahne im Zaum zu halten und leckte wild meinen Bauch ab. Dabei schob er mir einen mit Sahne verschmierten Finger entgegen.

„Für dich."

Ich schüttelte den Kopf und schob meine Hand vor den Mund. Bloß nicht. Ich müsste mich sonst übergeben.

Langsam wurde mir das mit den beiden Männern zu wild. Vier Hände machten sich auf den Weg in Richtung Hose und darunter. Sie versuchten, den Slip nach unten zu ziehen oder ihre Finger hineingleiten zu lassen. Beide waren erregt und pressten sich an mich. Ich saß immer noch auf der Theke und meine Beine hingen nach unten.

„Stopp, mehr nicht. Ich will nicht da unten drin noch Sahne haben."

Ich war total mit Sahne verschmiert. Auf dem Bauch und im Schritt. Mir wurde es sichtlich zu viel.

Sex wollte ich definitiv nicht mit den beiden. Da war ich trotz Alkohol und aufkommender Erregung sicher. Es war fünf Uhr morgens. Bevor noch Schlimmeres passieren würde, beschloss ich ins Bett zu gehen. Als ich den beiden meine Entscheidung unter verschmierten Gesichtern mitteilte, waren sie schwer enttäuscht. Ich gab jedem einen kurzen Kuss. Ben drückte mich nochmal an sich und sagte:

„Diesmal nimmst du meine Nummer aber mit. Melde dich mal. Vielleicht können wir uns ohne den da mal treffen." Er deutete in Richtung Sascha.

„Alles klar." Nix wie weg. Ich stolperte durch die Tür und die Treppen hinauf.

Im Zimmer angekommen, zog ich die verschmierten Sachen aus. Es roch eklig nach Sahne und Alkohol. Mein Bauch klebte und mein Slip war mit Sahne verschmiert. Ich stopfte alles in eine Tüte. Erschöpft und völlig verdreht fiel ich ins Bett.

Am nächsten Morgen stanken meine Klamotten noch furchtbarer. Ich konnte den Geruch nach alter Sahne vermischt mit Tequila durch die Tüte hindurch riechen. Mein Bauch klebte und roch sauer. Ich grinste. Oh meine Güte. Was war das für ein Abend!

„Na Nadine, warst noch lange weg?", fragte mich Anke grinsend beim Frühstück.

„Frag lieber nicht.", Ich verdrehte dabei die Augen. Hoffentlich würde sie nicht weiter bohren. Mir war es irgendwie peinlich.

Zuhause stopfte ich schnell die verklebten Klamotten in die Waschmaschine. Manche Erfahrungen kann man machen, muss man aber nicht unbedingt gemacht haben. Ich bin mir noch nicht sicher, unter welcher Kategorie ich diese Erfahrung einordnen sollte. Marie meinte nur trocken, dass sie das alles schon vor 20 Jahren erlebt hatte. Und grinste frech. Tja, Teenie mit 42 halt.

Heute Mittag hatte ich meinen Kindern Vanilleeis mit Himbeeren und Sahne gemacht.

Das Geräusch und der Duft der Sprühsahne weckten doch so manche Erinnerungen hoch 2 in mir.

Am nächsten Tag rief Mike an. Ich hatte ihm die Woche vorher nicht erzählt, dass ich zu diesem Wochenende gehen würde. Auf die Frage was ich am Wochenende gemacht hatte, erzählte ich von unserem Mädelswochenende.

„Oh, hast wieder mal übertrieben beim Alkohol trinken?", fragte er.

Beim Alkohol trinken nicht, grinste ich in mich rein.

„Nein, ganz wenig getrunken. Ich habe war brav und habe wenig getrunken. Viel Wasser dazwischen. Alles gut gewesen.", sagte ich unschuldig.

„Wenn es gut läuft, kann ich am Mittwoch. Muss meine Frau zum Gericht begleiten und dann wird sie arbeiten gehen. Ich habe frei."

„Na das sind mal tolle Aussichten. Freu mich."

„Ich mich auch. Haben uns schon lange nicht mehr gesehen."

Die Telefonate mit Mike sind sehr schön und vertraut. Wir reden über alles Mögliche. Er klagt mir sein Leid über das Arbeiten. Ich über meine Woche. Wie ein altes Ehepaar manchmal. Über unsere Treffen reden wir kaum noch. Mittlerweile haben wir uns über zwei Monate nicht mehr gesehen. Es ist schade, aber okay für mich. Es vergeht kein Tag, an dem ich nicht an ihn denke. Sogar die Fotos in Whatsapp, die er von sich und seiner Frau postet, schockieren oder verletzten mich nicht mehr. Es ist gut, dass ich gelernt habe, meine Gefühle zu beherrschen. Ich fühle sehr viel, aber ich lasse mich nicht mehr von ihnen runterziehen. Mein Leben hat wieder Schwung aufgenommen und ich genieße einfach das Leben. Nur eins weiß ich mittlerweile auch sicher, todsicher sogar:

Wenn ich nochmal die Chance bekäme, richtig zu lieben, dann nutze ich sie!

Ich bin mir nicht sicher, was Mike wirklich will oder für mich empfindet. Schlau werde ich aus ihm immer noch nicht. Er ruft regelmäßig an und ich vermute nicht, einfach nur weil es ihm langweilig ist. Er interessiert sich für mich und mein Leben und ich mich für seins. Ich freue mich, wenn es ihm gut geht und spüre, wenn nicht. Auch für ihn wünsche ich, dass er richtig glücklich wird. Aber seine Augen sagen etwas anderes auf den Fotos. Mir hat mal jemand gesagt, dass man seinen Seelenfreund finden sollte. Und ich glaube, ich habe ihn in Mike gefunden. Er weiß es nur noch nicht.

Viele Frauen im mittleren Alter merken, dass sie irgendwann falsch abgebogen sind oder mit einem Mann verheiratet sind, den sie jetzt nicht mehr heiraten würden. Immer mehr Frauen outen sich, wenn man über das Thema redet. Kaum eine ist glücklich. Warum sollte man das nicht ändern und die restlichen Jahre glücklich und nicht nur vernünftig leben?

Vernunft ist gut, aber nur solange sie nicht über das Herz bestimmt.

Höre auf dein Herz. Ich tue es jetzt auch!

Liebe ist stärker als jede Vernunft.

Nadda

Zeitfracht Medien GmbH
Ferdinand-Jühlke-Straße 7
99095 Erfurt, Deutschland
produktsicherheit@kolibri360.de